युवान
बुक्स

अनबाउंड स्क्रिप्ट का उपक्रम

मनोहर कहानियां : सत्य अपराध कथाएं
प्रथम संस्करण : 2025

ISBN: 978-93-48497-07-9

प्रकाशक : अनबाउंड स्क्रिप्ट
2/41, अंसारी रोड, दरियागंज, दिल्ली - 110002
वेबसाइट : www.unboundscript.com
ई-मेल : books@unboundscript.com
फोन नं. : 011-35807601

MANOHAR KAHANIYAN : SATYA APRADH KATHAYEN
Edited by Paresh Nath

मुद्रक : यश प्रिंटोग्राफ़िक्स, नोएडा, उत्तर प्रदेश

मूल्य : ₹275/-

भूमिका

1940 के दशक में, जब कुछ नया जानने-समझने के उत्सुक युवाओं की एक बड़ी संख्या अक्षर-ज्ञान पाकर अपनी संकुचित खोल से बाहर आना चाह रही थी, तब इलाहाबाद से 'मनोहर कहानियाँ' का प्रकाशन प्रारंभ हुआ। इसकी कहानियाँ कुछ अद्भुत, कुछ चमत्कारी, कुछ रोमांचक और कुछ आपराधिक विषय लिए हुआ करती थीं।

अगले चार दशकों में 'मनोहर कहानियाँ' लाखों में बिकने वाली पत्रिका बन गई, क्योंकि इसमें समाचारपत्रों से कहीं अधिक गहराई से उन आपराधिक घटनाओं का विवरण होता था, जिनके बारे में पाठकों को जानने की उत्सुकता होती थी और उनके सामाजिक प्रभाव को समझने की भी इच्छा रहती थी। 'मनोहर कहानियाँ' ने घटित अपराधों से इस तरह परदा उठाया कि पाठकों को लगने लगा जैसे वे उन घटनाओं के प्रत्यक्षदर्शी हों।

किसी भी समाज में अपराधों को महिमामंडित नहीं किया जाना चाहिए, लेकिन अपराधों और अपराधियों के बारे में जानने से ही समाज सुरक्षित रह सकता है। दुनियाभर की अदालतें आपराधिक घटनाओं पर अपने निर्णय से अपराधियों को दंड देकर समाज में सुरक्षा का भाव पैदा करती हैं। 'मनोहर कहानियाँ' अपने पाठकों को घटनास्थल से लेकर पुलिस जाँच तक की प्रक्रिया की पूरी जानकारी देती रही है- अपराध के कारणों, रहस्य और अपराधी को पकड़ने तक।

1944 से प्रकाशित 'मनोहर कहानियाँ' की अपराध कथाओं में हमेशा प्रासंगिक जानकारियाँ रहती हैं। इन्हें कभी भी पढ़ा जा सकता है, इनसे हमेशा मार्गदर्शन लिया जा सकता है। ये कथाएँ सदैव सामयिक रहती हैं, क्योंकि युग बदलने पर भी अपराधी और पीड़ित की मानसिकता वही रहती है- चाहे माहौल बदल जाए।

इस संकलन में कुछ चुनिंदा कहानियाँ प्रस्तुत हैं, जो समय-समय पर हुए अपराधों से पाठकों को परिचित कराती हैं। ऐसे अपराध हमारे आसपास होते रहते हैं। अपराधी चाहे सजा पाकर जेल की बंद दीवारों में चले जाएँ और समाज की आँखों से दूर हो जाएँ, उनके किए अपराध सामाजिक, मनोवैज्ञानिक और राजनीतिक कारणों की छाप छोड़ते जाते हैं। पाठक इन कहानियों को पसंद करेंगे, जैसे 'मनोहर कहानियाँ' के पाठकों ने पिछले 80 वर्षों में ऐसी कथाओं को पसंद किया है।

परेश नाथ

मुख्य संपादक, दिल्ली प्रेस समूह

अनुक्रम

22 साल से लापता बेटा जब संन्यासी बन कर लौटा

❑ दिनेश बैजल 'राज'

रतिपाल का 11 वर्षीय लापता बेटा अरुण 22 साल बाद जब सन्यासी बनकर उन्हीं के दरवाजे पर भिक्षा लेने पहुँचा तो उनके साथ-साथ गाँव वाले भी अचंभित हो गए। रतिपाल बेटे को सन्यास आश्रम से गृहस्थ आश्रम में लाने की तैयारी कर रहे थे कि उसी समय उन्हें उस सन्यासी की ऐसी सच्चाई पता चली कि...

किसी चमत्कार के इंतजार में सालों से दिन गुजार रहे रतिपाल और घरवालों को 22 साल बाद साधु वेश में अपना खोया बेटा पिंकू मिला तो सबकी आँखें छलक उठीं। बेटा मिलने की खुशी में रतिपाल ने दिल्ली से अपनी पत्नी माया देवी को भी बुला लिया। खोए बेटे पिंकू को साधु वेश में देखते ही माँ भावुक हो गई। उसके आँसू थमने का नाम ही नहीं ले रहे थे।

दरअसल, सन्यासी की पारंपरिक पोशाक में आए एक युवक ने सारंगी बजा कर भिक्षा देने की गुहार लगा कर जैसे ही एक रुदन गीत गाना शुरू किया तो उसे सुनकर बड़ी संख्या में गाँव वाले एकत्र हो गए। जोगी ने अपने आपको गाँव के ही रहने वाले रतिपाल सिंह का गायब हुआ बेटा बताया। रुदन गीत सुनकर गाँव की महिलाओं और पुरुषों के साथ ही रतिपाल के घरवालों की आँखों से आँसू झरने लगे।

दरअसल, 22 साल से लापता अरुण उर्फ पिंकू के लौटने की खुशी में पूरा गाँव रो पड़ा। घरवालों के आँसू तो थमने का नाम ही नहीं ले रहे थे। यह दृश्य उत्तर प्रदेश के अमेठी जिले के थाना जायज के गाँव खरौली का था। तारीख थी 28 जनवरी, 2024।

बताते चलें कि साधु के वेश में अपने एक साथी के साथ आया वह युवक गाँव के ही रतिपाल सिंह का बेटा अरुण उर्फ पिंकू था, जो 22 साल से अधिक समय तक लापता रहने के बाद अब सन्यासी के वेश में उनके सामने था। जब पिंकू लापता हुआ, उस समय वह 11 साल का था। अब पिंकू जोगी बन कर अपने गाँव में माँ से भिक्षा लेने पहुँचा था।

माँ माया देवी, पिता रतिपाल के अलावा पिंकू की बुआओं उर्मिला व नीलम ने भी साधु वेश में आए पिंकू से गृहस्थ जीवन में लौटने की मिन्नतें कीं। लेकिन युवक की जुबान पर एक ही रट थी, 'आप से भिक्षा लिए बिना मेरी दीक्षा पूरी नहीं होगी। गुरु का आदेश है कि माँ के हाथ से भिक्षा पाने के बाद ही योग सफल होगा।' उसने कहा, 'माँ, यदि आप भिक्षा नहीं दोगी तो मैं दरवाजे की मिट्टी को ही भिक्षा के रूप में स्वीकार कर चला जाऊँगा। अब बेटा नहीं सन्यासी हूँ मैं।

साधु ने कहा, "माई, मैं अब आपका बेटा पिंकू नहीं, बल्कि सन्यासी हूँ। मैं भिक्षा लेकर वापस झारखंड स्थित पारसनाथ मठ में दीक्षा पूरी करने के लिए चला जाऊँगा।"

साधु की बातें सुनकर रतिपाल और उनकी पत्नी का कलेजा बैठ गया। उन्होंने उसे मनाने के साथ ही कहीं भी जाने से मना किया।

साधु खरौली गाँव में 22 जनवरी, 2024 से ही आने जाने लगा था। वह साथी के साथ आधे गाँव में चक्कर लगा कर सारंगी व ढपली पर भजन गाता था। इसके बाद शाम होते ही वापस चला जाता।

रतिपाल मूलरूप से गाँव खरौली के रहने वाले हैं। गाँव में उनका छोटा भाई जसकरन सिंह, भतीजे व अन्य लोग रहते हैं। गाँव में उनकी खेती की जमीन भी है। 11वीं पास करने के बाद उनकी शादी हो गई थी। साल 1986 में वह दिल्ली आ गए। यहाँ उनके एक बेटा हुआ, जिसका नाम उन्होंने अरुण रखा। घर में सभी प्यार से उसे पिंकू के नाम से पुकारते थे।

जब पिंकू 5-6 साल का था, उसकी माँ भानुमति बीमार हो गई। 3 साल तक उनका दिल्ली में इलाज चलता रहा, लेकिन उनकी मृत्यु हो गई।

रतिपाल ने बच्चे की परवरिश व अपनी आगे की जिंदगी के लिए वर्ष 1998 में माया देवी से दूसरी शादी कर ली। सब कुछ ठीक चल रहा था।

पिंकू कंचे खेलने पर माँ की डांट से गुस्से में आकर साल 2002 में 11 साल की उम्र में अपने घर से कहीं चला गया। उस समय वह दिल्ली के शहादतपुर स्थित स्कूल में 5वीं कक्षा में पढ़ता था। घरवालों ने पिंकू को काफी तलाश किया, लेकिन उसका कोई सुराग नहीं मिलने पर पिता रतिपाल ने दिल्ली के थाना खजूरी खास में उसकी गुमशुदगी दर्ज कराई।

समय गुजरता गया लेकिन लापता बेटा नहीं मिला। रतिपाल हफ्ते-दस दिन में थाने जाकर पुलिस से अपने खोए बेटे के बारे में जानकारी लेते, लेकिन उन्हें हर बार एक ही जबाव मिलता कि तलाशने पर भी आपका बच्चा नहीं मिल रहा है।

रतिपाल ने अपने स्तर से भी बच्चे को तलाश किया, लेकिन उसका कोई सुराग नहीं मिला। अपने इकलौते बेटे के इस तरह घर से चले जाने पर माता-पिता ने कलेजे पर पत्थर रखकर सब्र कर लिया।

27 जनवरी, 2024 को खरौली में रह रहे भतीजे दीपक ने दिल्ली रतिपाल के पास फोन किया, "चाचा, साधु भेष में एक युवक 22 जनवरी से गाँव में आया हुआ है, जो अपने को आपका खोया हुआ बेटा अरुण उर्फ पिंकू बता रहा है। जब उससे पिंकू की कोई पहचान बताने को कहा तो उसने कहा कि पिता जब खुद देखकर बताएँगे, तभी पहचान सभी गाँव वालों को दिखाऊँगा। चाचा, आप गाँव आकर देख लो। साधु कल आने की बात कह कर, रायबरेली से लगभग 30 किलोमीटर दूर बछगाँव स्टेशन जाने की बात कह कर चला गया है।"

बेटे से मिलने की चाहत और मन में ढेरों सवाल लिए रतिपाल अपनी बहन नीलम के साथ दिल्ली से गाँव खरौली 28 जनवरी को ही पहुँच गए। दूसरे दिन वह साधु अपने एक साथी के साथ सुबह 11 बजे गाँव आया। आधे गाँव का चक्कर लगाता और सारंगी पर भजन गाते हुए साधु रतिपाल के घर पर पहुँचा।

साधु ने देखते ही पापा व बुआओं को पहचान लिया। साधु ने उन्हें बताया कि वह वास्तव में उनका बेटा पिंकू है। वह सन्यासी हो गया है, भिक्षा माँगने आया हुआ है। रतिपाल ने उसके पेट पर बचपन की चोट के निशान को देखने के बाद अपने खोए बेटे अरुण उर्फ पिंकू के रूप में उसकी पहचान की।

बेटे की खातिर रतिपाल सब कुछ न्यौछावर करने को हो गया तैयार

बचपन में खोए बेटे को 22 साल बाद दरवाजे पर देख पिता व परिजनों की उम्मीद लौट आई थी। आँखों से आँसुओं की धारा फूट पड़ी। स्नेह ऐसा जागा कि भींचकर उसे सीने से लगा लिया। बेटे को घर लाने के लिए पिता सब कुछ न्यौछावर करने को तैयार था।

खोए बेटे के मिलने पर रतिपाल ने घर पर साधु व उसके साथी के साथ भोजन भी किया। अब साधु रतिपाल को पापा तथा रतिपाल उसे पिंकू कह कर पुकारने लगे थे। रतिपाल ने खोए बेटे के मिलने की खुशखबरी अपनी रिश्तेदारी में भी दे दी थी। इस पर कई रिश्तेदार गाँव आ गए थे।

एक सप्ताह तक वह जोगी अपने साथी के साथ रोजाना गाँव आता और शाम होते ही वापस चला जाता। इस दौरान उसकी रतिपाल और परिजनों से बातें भी होतीं। भोजन भी पापा के साथ करता। अपने पापा-मम्मी व अन्य घरवालों के प्यार को देखकर पिंकू का झुकाव भी उनकी ओर होने लगा।

वहीं रतिपाल की बूढ़ी आँखों ने अपने खोए बेटे को 22 साल बाद देखा तो प्यार उमड़ पड़ा। खोए बेटे को किसी भी तरह वापस पाने के लिए परिवार तड़प उठा। सभी के प्रयास विफल होने पर रतिपाल ने जोगी से किसी भी तरह घर लौटने की गुजारिश की।

इस पर उसने कहा, "पापा, आप मेरे गुरु महाराज से बात कर मुझे आश्रम से छुड़ा लो।"

"पापा, आश्रम से गुरुजी ने मुझे दीक्षा के दौरान लंगोटी, कमंडल व अंगवस्त्र दिए हैं। मठ की प्रक्रिया पूरी करनी होगी। मठ का सामान वापस करना होगा।"

तब रतिपाल ने कहा, "बेटा, तुम गुरुजी से बात कर प्रक्रिया के बारे में बताना। मैं तुम्हें घर लाने के लिए प्रक्रिया पूरी कर दूँगा।"

अनाज व नकदी देकर किया विदा

दिल पर पत्थर रखकर घरवालों व गाँव वालों ने भिक्षा के रूप में उसे 13 क्विंटल अनाज और रतिपाल ने जोगी बने बेटे पिंकू को संपर्क में बने रहने के लिए एक नया मोबाइल फोन व नकदी देकर पहली फरवरी को विदा किया। रतिपाल की बाराबंकी में रहने वाली बहन निर्मला ने पिंकू द्वारा बताए खाते में 11 हजार रुपए की रकम ट्रांसफर कर दी।

पिंकू ने कहा कि वह यहाँ से सभी सामान लेकर अयोध्या जाएगा, जहाँ साधुओं को भंडारा कराएगा। सामान पहुँचाने के लिए रतिपाल ने एक वाहन का इंतजाम कर दिया। पहली फरवरी, 2024 को जोगी अपने साथी के साथ सामान लेकर चला गया। घर से भिक्षा लेकर जाने के बाद सन्यासी बेटे पिंकू का मन पसीज गया। दूसरे दिन उसने फोन कर पिता से घर लौटने

की इच्छा जताई। बेटे के गृहस्थ जीवन में लौटने की बात सुन कर रतिराम की खुशी का पारावार नहीं रहा। उसने बताया कि गुरु महाराज का कहना है कि गृहस्थ आश्रम में लौटने के लिए दीक्षा के रूप में 10 लाख 80 हज़ार रुपए चुकाने पड़ेंगे।

रतिपाल ने इतनी बड़ी रकम देने में असमर्थता जताई। इतना ही नहीं, पिंकू ने पिता की मठ के गुरु महाराज से फोन पर बात भी कराई। लेकिन इतनी बड़ी रकम देने की उनकी हैसियत नहीं थी। तब 4 लाख 80 हज़ार देने की बात कही गई।

गुरुओं की दीक्षा चुकाने की शर्त पर पिता ने आखिरकार बेटे को पाने के लिए 3 लाख 60 हजार रुपए में हाँ कर दी।

मठ का खाता न बताने पर हुआ शक

बेटे को वापस पाने के लिए मजबूर पिता ने 14 बिस्वा जमीन का सौदा गाँव के ही अनिल कुमार वर्मा से 11 लाख 20 हजार रुपए में तय कर लिया। 3-4 दिन रतिपाल को पैसों का इंतजाम करने में लग गए।

इसके बाद साधु पिंकू की ओर से बताए गए आईसीआईसीआई बैंक खाते में पैसा ट्रांसफर करने भाई जसकरन व भतीजे धर्मेश के साथ पहुँचे। रतिपाल ने बताया, बैंक मैनेजर ने उनसे कहा कि एक दिन में 25 हजार से ज्यादा रुपए ट्रांसफर नहीं हो सकते। पिंकू ने यूपीआई से भुगतान करने को कहा।

रतिपाल ने पिंकू से कहा कि अपने मठ के ट्रस्ट का बैंक खाते का नंबर दे दो, उस पर भुगतान कर देंगे। इसके बाद वहाँ आकर तुम्हें अपने साथ घर ले आएँगे तो साधु ने मना कर दिया। यहीं से रतिपाल को कुछ शक होने लगा। तब प्रशासन से उन्होंने मदद माँगी।

रतिपाल सिंह समझ गए कि बेटे पिंकू के रूप में आया जोगी कोई ठग है। उसने उनकी भावनाओं का सौदा किया है। रतिपाल ने 10 फरवरी, 2024 को थाना जायस में 2 अज्ञात व्यक्तियों के खिलाफ भादंवि की धारा 420, 419 के अंतर्गत रिपोर्ट दर्ज कराई।

एसएचओ देवेंद्र सिंह ने रिपोर्ट दर्ज कराने के बाद इस केस की जाँच बहादुरपुर चौकी प्रभारी राजकुमार सिंह को सौंपी। आरोपी का मोबाइल बंद आने पर उसे सर्विलांस पर लगा दिया गया।

इसके बाद रतिपाल को जब शंका हुई तो उन्होंने अपने स्तर से जाँच पड़ताल करनी शुरू कर दी। उनके हाथ उसी साधु बने युवक के कई फोटो

और वीडियो लग गए हैं। रतिपाल ने बताया कि उन्होंने झारखंड के एसपी से फोन पर बात की। पूरा प्रकरण बताया। एसपी को जोगी का मोबाइल नंबर भी दिया।

उन्होंने अपने स्तर से जाँच कराई फिर फोन कर बताया कि यह नंबर झारखंड में नहीं, बल्कि गोंडा में चल रहा है। इसके साथ ही झारखंड में पारसनाथ नाम का कोई मठ है ही नहीं। उन्होंने कहा कि उसे पकड़ा जाए और यदि वह गलत है तो सजा मिले।

जोगी की सच्चाई पता करने के लिए रतिपाल ने कोई कोर-कसर नहीं छोड़ी। जिस गुरु का नाम बताया, वह भी गलत निकला। दीक्षा में मिले 13 क्विंटल अनाज व अन्य सामान को पिकअप में लेकर साधु अयोध्या जाने की कह कर गया था। पिकअप चालक के साथ रतिपाल अयोध्या पहुँचे तो वहाँ कोई नहीं मिला। पिकअप चालक ने बताया कि अरुण अयोध्या न जाकर उसे गोंडा ले गया था, वहीं सारा सामान उतरवाया था।

गोंडा की जिस आईसीआईसीआई बैंक के खाते का नंबर साधु ने रतिपाल को दिया था वह खाता आशीष कुमार गुप्ता, आशीष जनरल स्टोर मुंबई का निकला। बाराबंकी में रहने वाली रतिपाल की बहन निर्मला ने उसी खाते में 11 हजार रुपए की धनराशि ट्रांसफर की थी।

रतिपाल ने बताया कि उन्होंने पुलिस को बैंक स्टेटमेंट सौंप दिया है। उन्होंने बताया कि उन्हें मीडिया के माध्यम से पता चला है कि साधु के भेष में आया युवक जो अपने को उनका खोया बेटा पिंकू बताता था, उस युवक का नाम नफीस है।

ठगी के लिए साधु का वेश धारण किया

सीओ (तिलोई) अजय सिंह ने बताया कि मामला ठगी से जुड़ा हुआ है। पूरे मामले पर मुकदमा पंजीकृत कर मामले की छानबीन की जा रही है। जल्द से जल्द इस पूरे मामले में कड़ी से कड़ी कार्रवाई की जाएगी। उन्होंने बताया कि 10 फरवरी को जायस थाना क्षेत्र के खरौली गाँव निवासी रतिपाल सिंह ने रिपोर्ट दर्ज कराई थी।

गोंडा के एसपी विनीत जायसवाल ने बताया, "टिकरिया गाँव में रहने वाले कई लोगों द्वारा जोगी बन कर जालसाजी करने की शिकायत मिली है। 2 आरोपियों द्वारा अमेठी जिले में भी साधु वेश बना किसी को झांसा देने का मामला प्रकाश में आया है। पुलिस को तलाश के निर्देश दिए गए हैं।"

रिपोर्ट दर्ज होने और उच्चाधिकारियों के निर्देश के बाद जायस थाने की पुलिस सक्रिय हो गई। रतिपाल ने बताया कि 16 फरवरी, 2024 को एक प्राइवेट वाहन से जायस पुलिस के साथ गोंडा कोतवाली देहात की सालपुर पुलिस चौकी पहुँचे। वहाँ के चौकी इंचार्ज पवन कुमार सिंह से मिले, उन्होंने जाँच में पूरा सहयोग करने की बात कही। इस चौकी से कुछ दूरी पर ही टिकरिया गाँव है।

उन्होंने कहा कि गोंडा की सालपुर चौकी पर उन्हें 5 घंटे तक बैठाया गया। कहा कि आप यहीं बैठो, पुलिस दबिश देने जा रही है। नफीस के घर पहुँची पुलिस टीम सबसे पहले नफीस के परिवार से मिली। उस समय घर पर बुजुर्ग महिलाएँ ही थीं। उन्होंने बताया कि 25 वर्षीय नफीस करीब एक महीने से घर से बाहर है।

पुलिस को आया देखकर आरोपी गन्ने के खेत में भाग गया था। पुलिस ने उसे पकड़ने का प्रयास किया, लेकिन वह हाथ नहीं आया।

पुलिस ने बताया, पिंकू बन कर घर पहुँचा ठग टिकरिया निवासी सिजाम का बेटा नफीस है, जो ठगी के मामले में पहले भी जेल जा चुका है।

जबकि उसका भाई राशिद 29 जुलाई, 2021 को जोगी बन कर मिर्जापुर के गाँव सहसपुरा परसोधा निवासी बुधिराम विश्वकर्मा के यहाँ उनका 14 साल पहले लापता हुआ बेटा रवि उर्फ अन्नू बन कर पहुँचा था।

वहाँ भी उसने माँ से भिक्षा माँगी ताकि उसका जोग सफल हो जाए। परिजनों ने बेटा मान कर उसे घर में रख लिया। कुछ दिन बाद वह लाखों रुपए लेकर फरार हो गया था। बाद में पकड़ा गया और जेल गया।

पुलिस की दबिश के चलते नफीस, उसके दोनों भाई दिलावर और राशिद समेत अधिकांश तथाकथित साधु अंडरग्राउंड हो गए। उसका एक रिश्तेदार असलम भी ऐसे मामले में वांछित चल रहा है। नफीस का मोबाइल बंद है।

पड़ताल में सामने आया कि नफीस के ससुर का भाई असलम उर्फ लंबू घोड़ा भी वाराणसी में जेल जा चुका है। एक परिवार को इसी तरह जोगी का झांसा देकर ठगने की शिकायत के आधार पर पुलिस ने उसे दबोच लिया था।

पेट के टांकों को देखकर की पहचान

रतिपाल ने बताया कि 22 साल पहले उसका 11 वर्षीय बेटा अरुण उर्फ पिंकू घर से कहीं चला गया था। एक बार वह सीढ़ी से गिर गया था, जिससे

उसके पेट में अंदरूनी चोट आई थी। इस बात का 6 माह तक पता नहीं चला। पिंकू की आंत सड़ गई थी, जिसके चलते उसका ऑपरेशन दिल्ली के कृष्णा नगर स्थित होली चाइल्ड अस्पताल में हुआ था। उसके 14 टांके आए थे।

साधु के भेष में आए व्यक्ति ने उन्हें टांकों के निशान दिखाए थे। लेकिन वे असली थे या बनाए हुए थे, ये नहीं पता। रतिपाल सिंह पहले अपनी बहन नीलम के साथ खरौली गाँव पहुँचे थे। खबर दिए जाने पर बहन उर्मिला भी आ गई थी। उन्होंने अपनी पत्नी माया देवी को घर पर ही बच्चों की देखभाल के लिए छोड़ दिया था। खोए पिंकू की पहचान हो जाने के बाद उन्होंने पत्नी को भी गाँव बुला लिया था।

रतिपाल की दूसरी शादी के बाद 4 बच्चे हुए। 2 बेटियाँ व 2 बेटे हैं। बड़ी बेटी 24 वर्ष की है। दोनों बेटियों की शादी हो चुकी है। एक बेटा 12वीं तथा सबसे छोटा 9वीं में पढ़ रहा है। वे घर पर ही, बच्चों के बर्थडे में लगाए जाने वाली कैप बनाने का कार्य करते हैं।

टिकरिया के 20-25 लोगों का गैंग कई राज्यों में सक्रिय है। वह खोए बच्चों के बारे में जानकारी प्राप्त करने के बाद परिजनों की भावनाओं से खिलवाड़ कर ठगी करने का काम करते हैं।

साइबर सेल प्रभारी बृजेश सिंह का कहना है कि किसी गाँव में बच्चों के खोने या लापता होने पर परिजन खुद उसका प्रचार-प्रसार करते हैं। इस प्रचार से उन्हें आस होती है कि शायद कोई व्यक्ति उनकी खोई संतान को वापस मिला देगा। पैंफ्लेट व अखबारों से भी पहचान के लिए चोट के निशानों का उल्लेख किया जाता है। ठगों का यह गैंग स्थानीय स्तर पर जानकारी एकत्र कर इसी का फायदा उठा कर ठगी करता है।

माता-पिता की भावनाओं से खेल कर संपत्ति व धन हड़पने का नफीस का षडयंत्र विफल हो गया। 22 साल पहले लापता बेटा पिंकू बन कर गाँव जायसी पहुँचा साधु वेशधारी पुलिस जाँच में गोंडा के गाँव टिकरिया निवासी नफीस और उसका साथी पट्टर निकला। गाँव वालों ने वायरल वीडियो में भी दोनों की तस्दीक की। पुलिस की सक्रियता से ठगी की मंशा का खुलासा हुआ तो ठग और उसका साथी दोनों फरार हो गए।

रतिपाल का कहना है कि दोनों ठगों के खिलाफ रिपोर्ट दर्ज कराने के बाद भी पुलिस हाथ पर हाथ रखे बैठी है। दोनों ठग अब तक पुलिस की गिरफ्त से बाहर हैं। जिस बैंक खाते में 11 हजार रुपए बहन निर्मला ने जमा कराए थे, उस खाते वाले को पकड़ा जाए, जिससे स्थिति स्पष्ट हो जाएगी और इन ठगों का गैंग पकड़ने में मदद मिलेगी।

पुलिस फरार चल रहे दोनों साधुवेशधारी ठगों की सरगरमी से तलाश में जुटी है। पुलिस का कहना है कि समय रहते इन ठगों का भेद खुल जाने से रतिपाल व उनका परिवार बहुत बड़ी ठगी व मुसीबत से बच गए।

पिता रतिपाल को पुत्र वियोग और मिलन के बाद उसे दोबारा पाने की चाह है, लेकिन फिर ऐसे ही किसी षडयंत्र की आशंका भी है। उनका कहना है कि खोया हुआ बेटा इस समय 33 वर्ष का होता।

◘

50 लाख के लिए उद्योग कमिश्नर किडनैप

❑ वीरेंद्र बहादुर सिंह

50 लाख की फिरौती के लिए किडनैपर, सहायक उद्योग कमिशनर रमणलाल वसावा को किडनैप कर गुप्त स्थान पर ले जा रहे थे। फिरौती की रकम हासिल करने के बाद उनका मकसद वसावा की हत्या करना था। क्या बदमाश अपनी योजना में सफल हो पाए?

फिरौती

पुलिस कंट्रोल रूम द्वारा अपहरण की सूचना प्रसारित होते ही पूरे जिले के सभी थानों की पुलिस के साथ पीसीआर वाले और लोकल क्राइम ब्रांच भी अलर्ट हो गई। घटना गुजरात की राजधानी गाँधीनगर के थाना चीलोड़ा के अंतर्गत घटी थी, इसलिए थाना चीलोड़ा के एसएचओ ए.एस. अंसारी अपनी टीम के साथ तुरंत घटनास्थल पर पहुँच गए, लेकिन उनके पहुँचने के पहले ही वहाँ एक पीसीआर वैन पहुँच चुकी थी।

अपहरण गियोड स्थित मंदिर के पास हुआ था। मंदिर के पास खड़े कुछ लोगों ने अपहरण होते हुए देखा था, इसके साथ सामने से आ रही पुलिस कंट्रोल रूम की गाड़ी के 2 कर्मचारियों ने भी देखा था।

गुजरात के जिला पालनपुर के सहायक उद्योग कमिशनर रमणलाल वसावा तबीयत खराब होने की वजह से छुट्टी लेकर 3 दिनों से गाँधीनगर स्थित अपने घर पर ही थे। 25 मई, 2024 की दोपहर को वह हिम्मतनगर के किसी डॉक्टर को दिखाने के लिए अपनी कार से घर से निकले।

वह गाँधीनगर से थोड़ी दूर गियोड मंदिर के पास पहुँचे थे कि पीछे से आ रही एक सफेद और दूसरी आसमानी रंग की कार ने उन्हें घेर कर रोक लिया। सफेद रंग की कार से 3 लोग उतरे और रमणलाल वसावा को उनकी कार से जबरदस्ती खींच कर उतारा और अपनी कार में बैठा कर ले गए।

वहाँ खड़े कुछ लोगों ने यह देखा तो उन्हें समझते देर नहीं लगी कि मामला कुछ तो गड़बड़ है। उन्होंने तुरंत इस घटना की सूचना फोन द्वारा पुलिस कंट्रोल रूम को दे दी।

रमणलाल वसावा की कार घटनास्थल पर ही खड़ी थी। इंस्पेक्टर ए. एस. अंसारी ने जब उस कार की तलाशी ली तो उसमें से रमणलाल वसावा के नाम का आधार कार्ड तथा इलेक्शन कार्ड मिला।

बगल की सीट पर 2 फाइलें रखी थीं। ए. एस. अंसारी ने जब उन फाइलों को उठा कर देखा तो उनमें सहायक उद्योग कमिशनर, पालनपुर लिखा था।

इससे पता चला कि जिन रमणलाल वसावा का अपहरण हुआ था, वह पालनपुर में सहायक उद्योग कमिशनर थे। यानी वह क्लास वन अफसर थे। यह पता चलते ही पुलिस विभाग में हड़कंप मच गया।

इंस्पेक्टर अंसारी ने तुरंत अपने परिचित पुलिस अधिकारियों को फोन करके पूछा तो उन लोगों ने बताया कि रमणलाल वसावा पालनपुर में सहायक उद्योग कमिशनर हैं, जो इसी 30 जून को रिटायर होने वाले हैं।

जब स्पष्ट हो गया कि जिस व्यक्ति का किडनैप हुआ है, वह पालनपुर के सहायक उद्योग कमिशनर हैं तो एसएचओ ने फोन द्वारा जिले के सभी पुलिस अधिकारियों को भी यह बात बता दी। अभी वह घटनास्थल की ही जाँच कर रहे थे कि एसपी और लोकल क्राइम ब्रांच की एक टीम इंस्पेक्टर हार्दिक सिंह परमार के नेतृत्व में पहुँच गई।

इसके बाद इंस्पेक्टर हार्दिक सिंह ने रमणलाल वसावा की कार के नंबर के आधार पर उनके घर का पता मालूम किया और उनके घर वालों से संपर्क किया तो घर वालों ने बताया कि उन्हें लग रहा था कि इधर 2 दिनों से कोई उनके घर की रेकी कर रहा था। इसके अलावा अलग-अलग नंबरों से फोन करके रमणलाल वसावा को धमकी भी दी जा रही थी।

पुलिस को वे नंबर मिल गए थे, जिन नंबरों से रमणलाल वसावा को धमकी दी जा रही थी। धमकी देने वाले उनसे 50 लाख रुपए की रंगदारी माँग रहे थे। कुल 3 नंबरों से वसावा को धमकी दी गई थी। पुलिस ने टेक्निकल सर्विलांस से उन तीनों नंबरों की लोकेशन पता कराई।

इनमें से एक नंबर की लोकेशन प्रांतिज और वीसनगर की ओर जाती मिली। लेकिन प्रांतिज टोलनाका की सीसीटीवी फुटेज चेक की गई तो उसमें किडनैपर्स की कार दिखाई नहीं दी। इससे पुलिस को समझते देर

नहीं लगी कि किडनैपर मेन रोड से न जाकर बीच के रास्तों का उपयोग कर रहे हैं। पुलिस को जो 3 नंबर मिले थे, उन तीनों नंबरों की अलग-अलग लोकेशन आ रही थी।

एक की लोकेशन धोलेरा की आ रही थी तो दूसरे की लोकेशन गाँधीनगर की थी, जबकि तीसरे की लोकेशन वीसनगर माणसा रोड की थी। पुलिस को लगा कि आरोपी प्रांतिज तो नहीं गए होंगे। उन्होंने जरूर बीच का रास्ता चुना होगा। इसलिए अन्य नंबरों को ट्रेस करने के बजाय पुलिस ने वीसनगर की ओर जाने वाले नंबर पर अपना पूरा ध्यान लगा दिया। क्योंकि इस नंबर की लोकेशन लगातार बदल रही थी।

इस तरह से की पुलिस ने प्लानिंग

अब तक पुलिस की कई टीमें बनाकर रमणलाल वसावा की खोज में लगा दी गई थीं। इन टीमों को अलग-अलग काम सौंप दिया गया था। पर किसी भी टीम की समझ में नहीं आ रहा था कि वे क्या करें। तभी क्राइम ब्रांच के इंस्पेक्टर हार्दिक सिंह परमार के मन में आया कि वह पुलिस की सरकारी जीप का उपयोग करने के बजाय अगर अपनी कार से बदमाशों का पीछा करें तो ज्यादा ठीक रहेगा। इसकी वजह यह थी कि पुलिस जीप देख कर आरोपी अलर्ट हो जाते। जबकि निजी कार से उन्हें पता न चलेगा कि कार किसकी है और उसमें कौन बैठा है।

हार्दिक सिंह परमार ने एसआई आर.जी. देसाई और के. के. पाटडिया को अपनी कार में बैठाया और बदमाशों की खोज में निकल पड़े। उन्हें पूरा विश्वास था कि जिस मोबाइल नंबर की लोकेशन वीसनगर की ओर की मिली है, उसी नंबर वालों के साथ रमणलाल वासवा हैं। इसलिए उन्होंने क्राइम ब्रांच के इंस्पेक्टर डी. बी. वाला से हर 2 मिनट पर उस नंबर की लोकेशन भेजने के लिए कहा।

दूसरी ओर थाना चीलोड़ा के एसएचओ ए. एस. अंसारी अपनी टीम के साथ कार में मिले आधार कार्ड और इलेक्शन कार्ड में लिखे पते के आधार

पर उनके घर पहुँचे तो वसावा की पत्नी रमीलाबेन ने बताया कि उनके पति अस्पताल जा रहे थे, तभी उनका अपहरण हुआ था। अन्य जानकारी लेकर एसएचओ ए. एस. अंसारी उन्हें अपने साथ लेकर थाने आ गए थे।

जब रमीलाबेन से पूछताछ की गई तो उन्होंने बताया कि 30 जून को आर. के. वसावा रिटायर होने वाले हैं। उनकी तबीयत खराब थी, इसलिए वह चीलोड़ा होकर दवा लेने जा रहे थे। उनके बेटे की अभी कुछ दिनों पहले ही मौत हो गई थी। ससुर भी बीमार हैं। उनकी दवा चल रही है। इसलिए वसावा काफी टेंशन में थे।

कुछ दिनों से उनके पास अज्ञात लोगों के फोन आ रहे थे कि वे आर. के. वसावा से मिलना चाहते हैं। वे उन्हें फोन करके 50 लाख रुपए माँग रहे थे। एक तरह से वे उन्हें ब्लैकमेल कर रहे थे। रिटायरमेंट के समय कोई इश्यू न खड़ा हो, इसलिए वसावा उनसे 30 जून या पहली जुलाई को मिलने के लिए कह रहे थे। जबकि वे उनसे तुरंत मिलने की जिद कर रहे थे।

किडनैप के एक दिन पहले 2 लोग उनके घर की रेकी कर रहे थे। उस समय रमीलाबेन घर में अकेली थीं। उन दोनों में से एक व्यक्ति ने उनसे आर. के. वसावा के बारे में पूछा भी था। उन्होंने मना किया तो उन लोगों ने रमीलाबेन को धमकी दी थी कि देख लेना वे उन्हें सुबह थाने जाने के लिए मजबूर कर देंगे। वह उनकी कार का फोटो लेने के लिए मोबाइल फोन लेने अंदर गई, उसी बीच वे दोनों व्यक्ति वहाँ से भाग गए थे।

रमीलाबेन ने आगे बताया था कि किसी भीखाभाई भरवार का फोन अक्सर उनके पति के पास आता था। लेकिन उन्होंने कभी यह नहीं सोचा था कि उनका किडनैप हो जाएगा।

एसपी ने पुलिस की अलग-अलग टीमें बनाई थीं और थाना कलोल, माणसा, हिम्मतनगर और ऊझा पुलिस से कहकर नाकाबंदी करवा दी थी। अहमदाबाद की क्राइम ब्रांच पुलिस को भी सूचना दे दी गई थी, क्योंकि किडनैपर अहमदाबाद की ओर भी भाग सकते थे।

पुलिस और किडनैपरों में चला चूहे-बिल्ली का खेल

इंस्पेक्टर डी. डी. वाला किडनैपर्स का पीछा कर रहे इंस्पेक्टर हार्दिक सिंह परमार को पलपल की लोकेशन दे रहे थे। एसआई के. के. पाटडिया के हाथ में मोबाइल था। वह हार्दिक सिंह परमार को लगातार गाइड करते हुए यह भी बता रहे थे कि बदमाशों और उनके बीच कितना अंतर है। जबकि एसआई आर. जी. देसाई दाहिनी ओर से आने वाली गाड़ियों पर नजर रख रहे थे।

लोकेशन ट्रैस करते-करते एक समय ऐसा आ गया, जब बदमाशों की कार और हार्दिक सिंह परमार की टीम की कार के बीच मात्र 8 मिनट का अंतर रह गया। इसके बाद तो पुलिस की यह टीम एकदम से सावधान हो गई।

इंस्पेक्टर परमार ने एसआई देसाई से कहा, "देसाई साहब, अब आप सामने से आने वाली हर कार पर नजर रखिएगा। इनमें अगर कोई कॉले कांच वाली या फिर जिस तरह की कार के बारे में हमें बताया गया है, उस तरह की कार दिखाई दे तो तुरंत बताइएगा।"

इंस्पेक्टर हार्दिक सिंह परमार अपनी कार खुद ही चला रहे थे। इसके अलावा इंस्पेक्टर ए. एस. अंसारी को भी बदमाशों की वीसनगर, गोझारिया और माणसा जैसे स्थानों की जो लोकेशन मिल रही थी, उसकी जानकारी थाना चीलोड़ा, कलोल, माणसा पुलिस को देने के साथ क्राइम ब्रांच पुलिस को भी दी जा रही थी, जिससे पुलिस की अलग-अलग टीमों ने जगह-जगह नाकाबंदी कर दी थी।

बदमाशों की कार और उसका पीछा कर रही इंस्पेक्टर हार्दिक सिंह परमार की कार के बीच का अंतर लगातार घटता जा रहा था। जिसकी वजह से इंस्पेक्टर परमार और उनके साथी पूरी तरह से सावधान हो गए थे। इसका एक कारण यह भी था कि बदमाश सामने से आ रहे थे। 2 मिनट बाद उनकी कार की बगल से कॉले कांच वाली एक कार निकली।

इंस्पेक्टर परमार को लगा कि शायद बदमाशों की कार यही है। क्योंकि लोकेशन के आधार पर बदमाशों की कार उनकी कार के एकदम नजदीक दिखाई दी थी। उन्होंने तुरंत यूटर्न लिया और उस कॉले कांच वाली कार के पीछे अपनी कार लगा दी।

लगभग 15 मिनट तक उस कार का पीछा करते हुए इंस्पेक्टर परमार ने उनकी कार को ओवरटेक किया। ओवरटेक करते हुए उन्होंने देखा कि कार के सभी शीशे बंद थे। कार भीखा भरवार (रघु देसाई उर्फ रघु भरवार) चला रहा था। इंस्पेक्टर परमार ने अपनी कार बदमाशों की कार के बगल लगाई तो बदमाशों ने अपनी कार का शीशा थोड़ा खोल कर यह देखना चाहा कि इस कार में कौन हैं।

तभी इंस्पेक्टर परमार की कार में बैठे एसआई के. के. पाटडिया ने कार का पूरा शीशा खोल कर बदमाशों से कहा, "हम पुलिस वाले हैं। तुम लोगों के लिए यही अच्छा होगा कि तुम लोग कार रोक दो।"

बदमाशों को जब पता चला कि पुलिस वाले उनके पीछे लगे हैं तो उनकी जैसे जान निकल गई। वे किसी भी तरह पुलिस के हाथ नहीं आना चाहते थे, इसलिए उन्होंने कार की स्पीड लगभग 140 किलोमीटर प्रति घंटे की कर दी।

जैसे ही उस कार की रफ्तार एकदम से बढ़ी तो पुलिस को समझते देर नहीं लगी कि इसी कार में बदमाश हैं। फिर तो इंस्पेक्टर परमार ने उस कार के पीछे अपनी कार लगा दी। बदमाश जिस तरह तेजी से कार चला रहे थे, उससे पुलिस समझ गई कि ये लोग कोई न कोई गलती जरूर करेंगे। आगे एक चौराहा था, जिस पर पुलिस ने नाकाबंदी कर रखी थी। बदमाशों और उसके पीछे लगी पुलिस की कार बहुत तेज गति में चल रही थीं।

आगे बदमाशों की कार थी। उन्होंने बैरिकेड्स उड़ा दिए। बैरिकेड्स के आस-पास खड़े सिपाही अगर पीछे न हटते तो वह कार उनके ऊपर चढ़ा देते।

निजी कार होने की वजह से नाकाबंदी पर खड़े पुलिस वालों को पता नहीं चला कि उस कार से पुलिस वाले बदमाशों का पीछा कर रहे हैं।

इसलिए उन्होंने इंस्पेक्टर परमार की कार रोकने की कोशिश की, पर वह रुके नहीं। क्योंकि अगर वह कार रोक कर पुलिस वालों को अपना परिचय देने लगते तो तब तक बदमाश बहुत दूर निकल जाते और उनकी आँखों से ओझल हो जाते। इसलिए वह अपना परिचय देने के बजाय बदमाशों का पीछा करते रहे।

पुलिस ने क्यों ठोंकी किडनैपर्स की कार

संयोग से थोड़ा आगे जाने पर माणसा रोड पर रेलवे फाटक बंद था। बदमाशों ने दूर से ही देख लिया कि रेलवे फाटक बंद है, इसलिए उन्होंने अपनी कार की रफ्तार धीमी कर ली।

क्योंकि वे आगे जाकर फाटक पर फँस सकते थे। इसलिए वे यूटर्न लेकर पीछे लौटना चाहते थे। इंस्पेक्टर परमार कट टू कट अपनी कार चला रहे थे। आगे फाटक पर ट्रैफिक था। वह बदमाशों को घेरना चाहते थे, जिससे बदमाश पीछे की ओर न भाग सकें।

फाटक से थोड़ा पहले एक खुली जगह से बदमाशों ने यूटर्न लिया। इंस्पेक्टर परमार के पास कोई विकल्प नहीं था। अगर बदमाश यूटर्न लेकर निकल जाते तो वे किस रास्ते से निकल जाते, पता करना मुश्किल हो जाता।

इसलिए इंस्पेक्टर परमार ने तुरंत फैसला लिया। उन्होंने कार में बैठे अपनी साथियों से कहा, "इन्हें रोकने के लिए अपनी कार इनकी कार से भिड़ानी पड़ेगी। इसलिए आप लोग अपनी सीट बेल्ट टाइट कर लीजिए।"

इतना कह कर इंस्पेक्टर परमार ने जानबूझ कर अपनी कार से बदमाशों की कार में पीछे से जोर से टक्कर मारी। इंस्पेक्टर परमार की कार का अगला हिस्सा बदमाशों की कार के पिछले टायर से जा लगा, जिससे बदमाशों की कार का पिछला टायर फट गया।

इंस्पेक्टर परमार उनकी कार को ठेलते हुए सड़क के किनारे तक ले गए। टायर फटने से इंस्पेक्टर परमार समझ गए कि अब बदमाश ज्यादा दूर नहीं भाग सकेंगे।

टक्कर मारने से इंस्पेक्टर परमार की कार का भी अगला भाग टूट कर झूल गया था। फिर भी वह उनका पीछा करते रहे। टायर फट जाने के बावजूद बदमाशों ने लगभग डेढ़ किलोमीटर तक कार भगाई। अंत में उन्होंने एक जगह सड़क किनारे कार रोकी और उसमें से 3 लोग उतर कर भागे। निश्चित था कि वे आरोपी थे।

इसलिए इंस्पेक्टर परमार ने भी अपनी कार रोकी और एक एसआई को कार की तलाशी लेने और पीड़ित आर. के. वसावा को संभालने के लिए कहकर वह एक आरोपी के पीछे दौड़े। दूसरे आरोपी के पीछे दूसरे एसआई को लगा दिया था। करीब सौ मीटर दौड़ा कर पुलिस ने एक किडनैपर को पकड़ लिया, दूसरा किडनैपर करीब डेढ़ किलोमीटर दूर जाकर पकड़ा गया।

तीसरे आरोपी का पीछा करने वाला कोई नहीं था, इसलिए वह खेतों के बीच से होता हुआ भाग गया। जिस समय बदमाश पकड़े गए थे, उस समय शाम के 5 बज रहे थे। जबकि बदमाशों ने आर. के. वसावा को धमकी दी थी कि अगर 5, साढ़े 5 बजे तक उन्हें 50 लाख रुपए नहीं मिले तो वे कच्छ के रण में ले जाकर उनकी हत्या कर देंगे। उन्होंने आर. के. वसावा के साथ मारपीट भी की थी, लेकिन उन्हें कोई गंभीर चोट नहीं पहुँचाई थी।

पुलिस ने जब उन्हें किडनैपर्स से मुक्त कराया था तो वह काफी नर्वस थे। वह कार के बगल खड़े थे। जब पुलिस ने उनसे पूछा कि अपहरण किसका हुआ है तो वह धीरे से बोले, "साहब, मेरा हुआ है।"

पुलिस के हत्थे ऐसे चढ़े किडनैपर्स

इसके बाद इंस्पेक्टर परमार ने आर. के. वसावा को अपनी बगल वाली यानी ड्राइवर की बगल वाली सीट पर बैठा कर कहा, "अब आप रिलैक्स हो जाइए, शांति रखिए, अब आपको कुछ नहीं होगा। पुलिस आ गई है।"

फिर बदमाशों की कार को वहीं छोड़ कर इंस्पेक्टर हार्दिक सिंह परमार की टीम आर. के. वसावा और पकड़े गए दोनों बदमाशों को लेकर थाना

चीलोडा पहुँची। आरोपियों की कार से कोई हथियार नहीं मिला था। पुलिस के पास हथियार थे, लेकिन उन्हें चलाने की जरूरत नहीं पड़ी थी।

थाने में बैठी आर. के. वसावा की पत्नी रमीलाबेन ने जब पति को पुलिस की कार से उतरते देखा तो वह जोर-जोर से रोने लगीं। कुछ समय पहले ही उनके जवान बेटे की मौत हुई थी। उस दिन पति मौत के मुँह से निकल कर लौटे थे, इसलिए वह अपने दिल के दर्द को आँसुओं में बहा देना चाहती थीं। आर. के. वसावा ने पत्नी को सीने से लगा कर कहा, "पुलिस वालों का आभार मानो कि तुम्हारा सुहाग जिंदा वापस आ गया वरना बदमाश हमें जिंदा नहीं छोड़ने वाले थे। पैसा पाने के बाद भी वे मुझे मार देते।"

इंस्पेक्टर हार्दिक सिंह परमार ने पकड़े गए दोनों बदमाशों को थाना चीलोड़ा पुलिस के हवाले कर दिया था। पकड़े गए दोनों आरोपियों के नाम भीखा भरवार और रोहित ठाकोर थे।

पूछताछ में आरोपियों ने बताया कि यह पूरी योजना भावनगर के बुधा भरवार की बनाई थी। योजना बनाकर आर. के. वसावा से 50 लाख रुपए वसूलने की जिम्मेदारी बुधा भरवार ने भीखा भरवार को सौंपी थी। उसने भीखा से कहा था कि उसने बहुत पैसा कमाया है। इसलिए उससे कम से कम 50 लाख रुपए लेने हैं। रुपए मिलने पर आपस में बांट लिए जाएँगे।

पकड़े गए आरोपियों में भीखा भरवार गुजरात की राजधानी गाँधीनगर के गोकुलपुरा का रहने वाला था। वह जमीन खरीदने और बेचने का काम करता था। वही सहायक उद्योग कमिशनर आर. के. वसावा को फोन करके धमकी देता था और रुपए माँगता था।

भीखा के साथ पकड़ा गया रोहित ठाकोर चाय की दुकान चलाता था। इसके पहले भी पुलिस ने उसे लोहे की चोरी में जेल भेजा था। उससे कहा गया था कि उसे एक साहब के पास जाकर बात करनी है और उन्हें अपने साथ ले जाना है। किडनैपरों में शामिल रायमल ठाकोर मजदूरी करता था। वही पुलिस के चंगुल से बच निकला था। इसके अलावा इनके साथ नवघण भरवार, बुधा भरवार, निमेश परमार और एक अन्य आरोपी हितेश था।

किडनैप के इस मामले में भावनगर का बुधा भरवार मुख्य आरोपी था। जबकि आर.के. वसावा के किडनैप की योजना भीखा भरवार की थी, जिसके लिए उसने अपने गैंग में 5 लोगों को शामिल किया था।

भीखा भरवार के नेतृत्व में सभी रोहित ठाकोर की चाय की दुकान पर इकट्ठा होते थे और वहीं योजना बनती थी कि कैसे रेकी करना है, किस तरह किडनैप करके रुपए वसूलना है।

आर.के. वसावा को डराने के लिए भीखा भरवार फोन करके कहता था कि उनकी एक फाइल उसके पास है। वह रिटायर होने वाले हैं। अगर उनकी फाइल खुल गई तो वह फँस जाएँगे, जिससे उन्हें सरकार की ओर से मिलने वाला पैसा भी फँस जाएगा और उनकी पेंशन भी रुक सकती है। जबकि पुलिस को किडनैपरों के पास से ऐसी कोई फाइल नहीं मिली थी।

पुलिस ने पूछताछ के बाद दोनों आरोपियों को अदालत में पेश किया था, जहाँ से उन्हें 8 दिनों के पुलिस रिमांड पर भेज दिया गया। इसके बाद पुलिस ने इन्हीं दोनों आरोपियों की मदद से एक-एक करके अन्य सभी आरोपियों को गिरफ्तार कर लिया है।

किसी को पुलिस ने फोन सर्विलांस की मदद से पकड़ा था तो किसी को मुखबिरों की मदद से। बहरहाल, आर. के. वसावा को ब्लैकमेल करने और उनका किडनैप कर रंगदारी माँगने वाले सभी आरोपी जेल पहुँच गए।

▣

300 करोड़ के लिए
अफसर बहू बनी कातिल

❑ नवीन पोखरियाल

डॉ. मनीष पुत्तेवार की पत्नी अर्चना पुत्तेवार क्लास-वन लेवल की सरकारी अधिकारी थी। उसके पास करोड़ों रुपए की संपत्ति थी। इसके बावजूद ऐसी क्या वजह रही कि उसने एक करोड़ रुपए की सुपारी देकर अपने ससुर पुरुषोत्तम पुत्तेवार की हत्या करा दी। पढ़ें,
फेमिली क्राइम की हैरतंगेज कहानी।

उस समय सुबह के करीब 11 बज रहे थे, तारीख थी 22 मई, 2024। डॉक्टर मनीष पुत्तेवार अपने हॉस्पिटल में वार्ड का दौरा कर रहे थे, तभी उनके फोन की घंटी बजी। उन्होंने फोन में देखा तो कॉल चंद्रपुर में रहने वाले उनके बड़े भाई डॉ. हेमंत की थी।

"हाँ बड़े भैया, आज सुबह-सुबह कैसे फोन किया?" डॉ. मनीष ने कॉल रिसीव करते हुए पूछा।

"मनीष एक दुखद सूचना है। मुझे अभी-अभी अजनी थाने से फोन आया है कि पापा का बालाजी नगर में एक कार से ऐक्सीडेंट हो गया है। मैं नागपुर के लिए निकल रहा हूँ। तुम भी सीधे अजनी थाने पर पहुँचो," डॉ. मनीष के बड़े भाई हेमंत ने रोते हुए कहा।

"भैया, आप रो क्यों रहे हैं? मैं अभी वहाँ पर जाकर देखता हूँ। अभी थोड़ी देर पहले ही तो पापा यहाँ पर मम्मी से मिलकर गए हैं। आप बिलकुल भी चिंता मत करो, मैं उन्हें अभी अपने हॉस्पिटल लेकर आता हूँ।" डॉ. मनीष ने कहा।

"भाई, मनीष हमारे पापा अब नहीं रहे। मुझे अभी-अभी थाने से यही खबर मिली है। भाई, मैं पापा से उनकी तबीयत के बारे में पूछ रहा था, तभी दूसरी ओर से मुझे पुलिस द्वारा यह दुखद समाचार मिला है। कोई कार वाला पापा को कुचल कर भाग गया।" कहकर हेमंत फिर से फूट-फूट कर रोने लगे।

"भाईसाहब, मुझे तो कभी ऐसी सपने में भी उम्मीद नहीं थी कि हमारे पापा हम सबको ऐसे छोड़कर चले जाएँगे। आप फिक्र मत कीजिए, अपना ध्यान रखिएगा। मैं तुरंत अजनी थाने पहुँच रहा हूँ," कहते हुए मनीष ने कॉल डिसकनेक्ट कर दी।

डॉ. मनीष पी. पुत्तेवार अजनी पुलिस स्टेशन पहुँचे तो पुलिस राहगीरों की मदद से पुरुषोत्तम को सरकारी अस्पताल ले गई थी, परंतु चोट इतनी घातक थी कि अस्पताल ले जाते हुए उन्होंने रास्ते में ही दम तोड़ दिया था। अजनी थाने के सीनियर इंस्पेक्टर अशोक भंडारे डॉ. मनीष को अपने साथ लेकर घटनास्थल पर भी गए।

वहाँ सड़क पर चारों तरफ खून ही खून बिखरा हुआ था। डॉ. मनीष पुत्तेवार की तहरीर पर अजनी थाने में भादंवि की धारा 304 (ए) के तहत ऐक्सीडेंट का मामला दर्ज कर लिया गया और अज्ञात चालक और अज्ञात कार की तलाश में पुलिस जुट गई।

उधर पुलिस ने लाश का पंचनामा बना कर लाश को पोस्टमार्टम के लिए भिजवा दिया और पोस्टमार्टम के बाद पुरुषोत्तम के शव को उनके परिजनों को सौंप दिया। 23 मई, 2024 को उनका अंतिम संस्कार भी कर दिया।

मृतक पुरुषोत्तम पुत्तेवार (82 वर्ष), नागपुर के शुभ नगर निवासी थे। उनके पास करोड़ों की प्रापर्टी थी। उनके परिवार में पत्नी शकुंतला के अलावा 2 बेटे हेमंत पुत्तेवार, मनीष पुत्तेवार व एक बेटी योगिता थी। इन दिनों पुरुषोत्तम पुत्तेवार की पत्नी शकुंतला का ऑपरेशन हुआ था, जो एलेक्सिस मल्टीस्पेशलिटी हॉस्पिटल, मनकापुर में भरती थीं। यह हॉस्पिटल उनके छोटे बेटे डॉ. मनीष पुत्तेवार का था।

बड़े बेटे को क्यों आयी षडयंत्र की बू?

इन दिनों पुरुषोत्तम पुत्तेवार के बड़े बेटे डॉ. हेमंत भी चंद्रपुर से सपरिवार नागपुर आ गए थे। उनका चंद्रपुर में अपना निजी क्लीनिक था, वह जनरल फिजिशियन थे। मृतक पुरुषोत्तम पुत्तेवार की शोकसभा का तीसरा दिन था, तभी वहाँ पर डॉ. हेमंत का बचपन का दोस्त पंकज पंवार आ गया।

दोनों काफी देर तक बातचीत करते रहे। दोनों बचपन से जवानी तक एक साथ खेलकर बड़े हुए थे। बाद में फिर हेमंत मेडिकल लाइन में चले गए और पंकज ने एमबीए करने के बाद अपनी फैक्ट्री संभाल ली थी।

"यार हेमंत, मुझे तुम काफी बुझे-बुझे और परेशान से लग रहे हो। तुम्हारे दिल के भीतर जरूर कुछ न कुछ बात है। देखो, मैं तुम्हारा बचपन का दोस्त हूँ। तुम किसी भी बात को काफी अधिक समय दिल में रख लेते हो। मुझे खुल कर बताओ, शायद हम दोनों मिल बैठकर कुछ समाधान निकाल सकें।" पंकज ने यह बात कही और दोनों फिर एक अलग कमरे में बैठ गए।

"यार पंकज, मुझे लग रहा है कि पापा का किसी ने कत्ल किया है, पर वारदात ऐसी दिखाई गई है कि यह ऐक्सीडेंट का केस लगे।" यह कहते हुए डॉ. हेमंत फूट-फूट कर रोने लगे थे।

"देख भाई हेमंत, मेरे साथ तू अभी चल, मेरे एक अच्छे मित्र हैं जो डीसीपी हैं। उनका नाम निमिष गोयल है। मैं तुझे उनके पास लेकर चलता हूँ।" कहते हुए पंकज ने डीसीपी (क्राइम) निमिष गोयल को फोन कर दिया।

थोड़ी ही देर के बाद पंकज अपने दोस्त हेमंत को लेकर डीसीपी निमिष गोयल के ऑफिस में पहुँच चुका था। पंकज ने कुछ बातें तो फोन पर ही

निमिष गोयल को बता दी थीं। बाकी सारी जानकारी भी उसने ऑफिस पहुँच कर निमिष गोयल को दे दी थी। डीसीपी निमिष गोयल पंकज के एक अच्छे मित्र थे, इसलिए उन्होंने सारी बातें तसल्ली से सुनीं।

"डॉ. हेमंत, आपको ऐसा क्यों लगता है कि आप के पापाजी का किसी ने मर्डर किया है। आपको किसी पर संदेह है?" डीसीपी ने सीधा प्रश्न हेमंत से किया।

"डीसीपी साहब, मेरे पापाजी का इस हादसे से पहले भी 2 बार खतरनाक ऐक्सीडेंट हुआ है। उस समय तो मेरी समझ में कुछ नहीं आया, मगर मुझे उन दोनों हमलों में भी किसी खतरनाक षडयंत्र की बू आ रही थी। इस बार तो मुझे पूरा यकीन है कि किसी गहरी साजिश के तहत मेरे पापाजी का प्रीप्लांड मर्डर किया गया है।"

इसके बाद डॉ. हेमंत ने कई अन्य जानकारियाँ भी डीसीपी (क्राइम) निमिष गोयल से साझा कीं, "डॉ. हेमंत, आप अब बेफिक्र होकर यहाँ से जा सकते हैं। मैं इस बारे में सारी जाँच-पड़ताल करूँगा और मैं आपको विश्वास दिलाता हूँ कि आपको पूरा-पूरा न्याय अवश्य मिलेगा।" डीसीपी (क्राइम) निमिष गोयल ने डॉ. हेमंत को आश्वस्त करते हुए अपने ऑफिस से विदा करते हुए कहा।

पुलिस ने क्यों समझा इसे सामान्य दुर्घटना?

डीसीपी (क्राइम) निमिष गोयल ने अजनी थाने से संपर्क करके जब जानकारी ली तो मामला संदिग्ध लगा। उन्होंने यह केस फिर नागपुर के कमिशनर रवींद्र सिंघल को बताया तो मामले की गंभीरता को देखते हुए नागपुर कमिशनर ने यह केस नागपुर क्राइम ब्रांच यूनिट 4 को विस्तृत जाँच के लिए सौंप दिया।

पिछले कुछ दिनों से पुरुषोत्तम पुत्लेवार का यही रुटीन चल रहा था, लेकिन पुरुषोतम अपनी बेटी घर पहुँच पाते, तभी नागपुर के बालाजी नगर इलाके में एक तेज रफ्तार कार ने उन्हें पीछे से टक्कर मार दी और कार उन्हें घसीटते हुए काफी दूर तक ले गई थी, जिसके कारण उनकी जान चली गई। लेकिन कार चालक वहाँ से तुरंत फरार हो गया था।

पहले तो सभी को यह मामला ऐक्सीडेंट का लगा था। इसीलिए पुलिस ने भी आईपीसी की धारा 304A के तहत ऐक्सीडेंट का केस दर्ज किया था। उसके बाद अजनी पुलिस कार की नंबर प्लेट, सीसीटीवी फुटेज व आस-पास के प्रत्यक्षदर्शियों के माध्यम से कार ड्राइवर नीरज ईश्वर निमजे तक पहुँची और उसे गिरफ्तार कर लिया।

पूछताछ में ड्राइवर नीरज ने इसे गलती से हुआ ऐक्सीडेंट बताया और बाद में पुलिस ने नीरज निमजे को जमानत पर रिहा भी कर दिया।

सीसीटीवी फुटेज और प्रत्यक्षदर्शियों के बयान के को गिरफ्तार करने के बाद जब आरोपी ड्राइवर जमानत पर छोड़ दिया गया तो उसके तुरंत बाद नागपुर शहर में इस सनसनीखेज रोड एक्सीडेंट को लेकर तरह-तरह की बातें होने लगी थीं। लोग पुलिस की कार्यप्रणाली को लेकर प्रश्नचिह्न लगाने लगे थे।

मृतक पुरुषोत्तम के बेटे और अन्य रिश्तेदारों व परिचितों के माध्यम से पुलिस के उच्च अधिकारियों को कत्ल की साजिश से अवगत कराया गया। चूंकि मृतक पुरुषोत्तम पुत्तेवार नागपुर में करोड़ों की प्रॉपर्टी के मालिक भी थे और उनका इन प्रॉपर्टीज को लेकर अपने रिश्तेदारों से कई सालों से विवाद भी चला आ रहा था।

उनके परिचित व रिश्तेदारों को लगता था कि शायद इस ऐक्सीडेंट के पीछे कोई गहरी साजिश छिपी हो सकती है। यह बात पुलिस के कानों तक भी पहुँच चुकी थी।

खुद मृतक पुरुषोत्तम के कुछ रिश्तेदारों ने इस सनसनीखेज केस को लेकर नागपुर के पुलिस कमिशनर से व्यक्तिगत तौर पर मुलाकात भी की थी, जिसके बाद मामला संदिग्ध पाए जाने पर पुलिस कमिशनर डॉ. रवींद्र सिंघल ने इस मामले की जाँच अजनी पुलिस से लेकर क्राइम ब्रांच के हवाले कर दी थी और फिर यहीं से मामले में ऐसा चौंकाने वाला ट्विस्ट सामने आया, जिसने पूरे नागपुर शहर व महाराष्ट्र को ही नहीं, बल्कि समूचे देश को चौंका कर रख दिया।

शराब पार्टियों ने कैसे खोला मर्डर का राज

नीरज ईश्वर निमजे एक छोटा-मोटा अपराधी था, जिसने कभी भी अपने दोस्तों को एक पार्टी तक नहीं दी थी। उसने हमेशा दोस्तों, परिचतों और लोगों से पैसे उधार लिए मगर उसने उधार कभी चुकाया नहीं था। अचानक जब उसने अपने दोस्तों को पार्टियां देनी शुरू कर दीं, महँगी-मँहगी ब्रांड की शराब दोस्तों को पेश की तो इस वजह से लोगों को उस पर शक हुआ।

मुखबिरों के माध्यम से यह खबर उड़ते-उड़ते पुलिस के कानों भी जा पहुँची थी कि नीरज निमजे जो एक चिल्लर अपराधी है, उसके पास अचानक इतना सारा पैसा आखिर कहाँ से आ गया? कुबेर का खजाना उसे अचानक कब और कैसे मिल गया?

बुजुर्ग पुरुषोत्तम पुत्तेवार की बहू अर्चना निकली मास्टरमाइंड!

पुलिस की क्राइम ब्रांच ने जब इन रहस्यों को खंगालना शुरू किया और नीरज निमजे को एक बार फिर गिरफ्तार कर सख्ती से पूछताछ की तो उसने कुबूल किया कि पुरुषोत्तम पुत्तेवार की मौत कोई हादसा नहीं थी, बल्कि एक सोची समझी साजिश के चलते इस हत्या को अंजाम दिया गया था।

नागपुर के रहने वाले एक बुजुर्ग शख्स के कत्ल की साजिश इतनी भयानक होगी, यह किसी ने कभी सोचा तक नहीं था। सीसीटीवी कैमरे में कैद हुई वे तस्वीरें बहुत साफ तो नहीं थीं, लेकिन इन्हें देख कर फौरी तौर पर इतना तो कहा ही जा सकता था कि यह मामला महज एक ऐक्सीडेंट का नहीं था।

22 मई, 2024 की सुबह हुई इस वारदात की तस्वीरों को देखकर शुरू में नागपुर पुलिस को भी कुछ ऐसा ही लगा था। क्योंकि सीसीटीवी की उन फुटेजों में जो दिखा था, वो असल सच नहीं था और जो हकीकत थी वह दिखी नहीं।

पुलिस की पूरी जाँच में पूरा केस हिट एंड रन का नहीं, बल्कि इरादतन की गई हत्या की एक बड़ी साजिश का निकला, पुलिस के मुताबिक इस खूनी साजिश की पूरी स्क्रिप्ट लिखने वाली मास्टरमाइंड मृतक की बहू अर्चना निकली, जिसने करीब 300 करोड़ रुपए की संपत्ति के लालच में अपने ससुर के मर्डर का प्लान बनाया था।

पुरुषोत्तम पुत्तेवार के कत्ल के मास्टरमाइंड के तौर पर जिस महिला का नाम सामने आया, वह मृतक की बहू होने के साथ-साथ महाराष्ट्र के ही गढ़चिरौली और चंद्रपुर के टाउन प्लानिंग डिपार्टमेंट की वर्तमान में असिस्टेंट डायरेक्टर है, यानी कि सरकारी महकमे की वह क्लास वन ऑफिसर भी है। जबकि इस साजिश में अर्चना का साथ उसके भाई प्रशांत पार्लेवार ने दिया, जोकि नागपुर के ही माइक्रो स्माल ऐंड मीडियम इंटरप्राइजेज के डायरेक्टर हैं।

2 क्लास वन अफसरों ने कैसे रची खौफनाक खूनी साजिश

प्रशांत अर्चना पुत्तेवार का सगा भाई है। असल में पुलिस की गिरफ्त में आए क़ातिलों ने कुबूल किया था कि पुरुषोत्तम पुत्तेवार का मर्डर करने के लिए अर्चना ने ही उन्हें पूरे एक करोड़ रुपए की सुपारी दी थी।

जब पुलिस ने इस खुलासे के बाद अर्चना को गिरफ्तार कर उससे विस्तृत पूछताछ की तो मास्टरमाइंड अर्चना के पीछे एक और मास्टरमाइंड प्रशांत पार्लेवार का नाम सामने आया। यानी एक ऐसा शख्स जो एक बड़ा सरकारी अफसर तो है ही, जो सत्ताधारी दल के नेताओं का भी बेहद करीबी माना जाता है।

अपने ही ससुर की हत्या की सुपारी देने वाली क्लास वन अधिकारी अर्चना ने अपने ससुर को अपने पिता के खिलाफ गवाही देने से रोकने और ससुर की संपत्ति हड़पने के लिए ससुर पुरुषोत्तम पुत्तेवार का मर्डर कराया था।

अर्चना के परिवार में 2 भाई और एक बहन थी। बड़ा भाई प्रशांत पार्लेवार, उससे छोटा प्रवीण पार्लेवार व अर्चना, जबकि पुरुषोत्तम पुत्तेवार के परिवार में पत्नी शकुंतला, बेटे हेमंत, मनीष व एक बेटी योगिता थी।

इनमें अर्चना की शादी डॉ. मनीष पुत्तेवार से व अर्चना के भाई प्रवीण की शादी पुरुषोत्तम पुत्तेवार की बेटी योगिता के साथ हुई थी।

पुलिस को दिए गए अपने बयान में अर्चना ने कहा कि उसके भाई प्रवीण की मौत अकस्मात हो गई थी। प्रवीण की मृत्यु के बाद योगिता अपने पिता पुरुषोत्तम पुत्तेवार की संपत्ति में हिस्सा चाहती थी। इसके लिए योगिता ने कोर्ट में केस भी दाखिल किया था। इस मामले में अर्चना के ससुर पुरुषोत्तम पुत्तेवार गवाह थे।

वहीं दूसरी ओर अर्चना के पिता अपनी संपत्ति अपने दूसरे बेटे प्रशांत पार्लेवार और बेटी अर्चना को देना चाहते थे। अर्चना अपने पिता की ओर से योगिता को बेदखल तो करना ही चाहती थी, साथ ही वह यह भी चाहती थी कि योगिता को उसके पिता पुरुषोत्तम पुत्तेवार की संपत्ति से भी कुछ न मिले।

इस मामले में अर्चना ने अपने ससुर पुरुषोत्तम पुत्तेवार को कई बार गवाही न देने के लिए कहा भी था, लेकिन जब पुरुषोत्तम ने इंकार कर दिया तो फिर अर्चना ने अपने भाई प्रशांत पार्लेवार के साथ मिलकर ससुर को हमेशा-हमेशा के लिए रास्ते से हटाने की योजना बना डाली।

अर्चना ने अपने बयान में पुलिस को बताया कि उसके पिता के पास भी करोड़ों की संपत्ति है। इसमें नागपुर के ऊँटखाना इलाके में 6 हजार वर्ग फीट जमीन शामिल है। अर्चना और प्रशांत इसी जमीन पर मॉल बनाना चाहते थे। अगर योगिता इस जमीन में अपना हिस्सा ले लेती तो मॉल बनाने के लिए बहुत कम जमीन बच रही थी।

अपने ससुर पुरुषोत्तम पुत्तेवार की हत्या की साजिश अर्चना ने काफी योजनाबद्ध ढंग से रची थी। इस खूनी साजिश में उसने अपने पति डॉ. मनीष पुत्तेवार के ड्राइवर सार्थक साहेबराव बागड़े, अपने भाई प्रशांत पार्लेवार और अपनी पीए पायल नागेश्वर को भी शामिल किया था। अर्चना ने इनको हत्या करने के लिए एक करोड़ रुपए का लालच भी दिया।

ड्राइवर सार्थक ने अपने प्लान में अपने 3 साथियों नीरज निमजे, सचिन धार्मिक और संकेत घोड़मारे को शामिल किया था। अर्चना ने जिन लोगों को अपने ससुर की सुपारी दी थी, उन्हें शुरुआत में 17 लाख रुपए और कुछ गोल्ड ज्वैलरी एडवांस में दी थी। बाकी पैसे काम होने पर देने की बात कही गई थी।

इस मामले में बहू अर्चना ने एक लाख 76 हजार में एक पुरानी आई 20 कार खरीदी। इसी कार से टक्कर मारने के बाद पुरुषोत्तम पुत्तेवार की मौके पर ही मौत हो गई थी।

खास बात तो यह थी कि बहू ने अपने ससुर को मरवाने की एक ही महीने में 3 बार कोशिश की थी। 2 बार तो पुरुषोत्तम बच गए, मगर तीसरी बार वह उनका शिकार बन गए।

नागपुर के पुलिस कमिशनर रवींद्र सिंघल ने मीडिया से बातचीत करते हुए बताया, "पुरुषोत्तम पुत्तेवार को मारने के 2 अन्य प्रयास 8 मई, 2024 और 16 मई, 2024 को किए गए थे। 8 मई को सचिन धार्मिक ने उन्हें कार से कुचलने की कोशिश की थी, जबकि 16 मई को सचिन धार्मिक और नीरज निमजे ने पुरुषोत्तम के सिर पर लोहे की रौड से वार किया और फिर स्कूटर से भाग गए।

"चूंकि उन्हें ज्यादा चोटें नहीं आई थीं, इसलिए उनके बेटे डॉ. मनीष ने इसे दुर्घटना मानते हुए पुलिस में कोई शिकायत दर्ज नहीं कराई थी।"

इस संबंध में हमें पता चला कि यह महज दुर्घटना नहीं थी, क्योंकि पुरुषोत्तम सड़क के एकदम किनारे पर चल रहे थे और ड्राइवर ने जानबूझ कर उन्हें कार से कुचल कर नीचे गिरा दिया। साथ ही उन्हें काफी दूर तक घसीटा भी गया ताकि उन्हें गंभीर चोटें लगें और बचने की कोई उम्मीद न रहे।"

डीसीपी ने आगे बताया, "जाँच के दौरान हमें पता चला कि एक एक्टिवा स्कूटी लगातार पुरुषोत्तम पुत्तेवार का पीछा कर रही थी। एक्टिवा भी घटनास्थल पर मिली थी। और दुर्घटना के तुरंत बाद एक्टिवा पर सवार 2 लोग वहाँ से भाग गए थे। इसके आधार पर फिर से जाँच की गई तब नीरज निमजे ने अपने साथी सचिन धार्मिक की भूमिका का खुलासा किया। इसके बाद भारतीय दंड संहिता और मोटर वाहन अधिनियम की हत्या,

साजिश और सबूत नष्ट करने की संबंधित धाराओं के तहत प्राथमिकी दर्ज की गई, फिर नीरज निमजे और सचिन धार्मिक को 4 जून, 2024 को गिरफ्तार कर लिया गया।

सचिन धार्मिक की कॉल डिटेल्स से पता चला कि वह लगातार अर्चना के संपर्क में था। उसके बाद जब गिरफ्तारी के बाद उससे पुलिस द्वारा कड़ी पूछताछ की गई तो उसने अपना अपराध कुबूल कर लिया और फिर उसने ड्राइवर सार्थक बागड़े की भूमिका का भी खुलासा कर दिया।

पुलिस ने बताया कि अर्चना ने पुलिस को गुमराह करने के लिए काफी कोशिशें की थीं और यह दावा भी किया था कि उसने 6 महीने पहले सार्थक बागड़े को नौकरी से निकाल दिया था। इसलिए उसने हमारे परिवार से बदला लेने के लिए यह अपराध बदले की भावना से किया था।

हालाँकि पुलिस जाँच में यह तथ्य सामने आया कि सार्थक बागड़े ने 20 मई, 2024 तक उनके साथ काम किया था और जिसके बाद अर्चना और सार्थक बागड़े की नागपुर पुलिस द्वारा 6 जून और 10 जून, 2024 को गिरफ्तार कर लिया गया था।

बहन द्वारा रची गई कत्ल की साजिश में भाई कैसे बना मददगार

इस कत्ल की मास्टरमाइंड अर्चना पत्नी डॉ. मनीष पुत्तेवार ने पहले अपने ड्राइवर सार्थक बागड़े को इस काम के लिए राजी किया, उसे पूरे एक करोड़ रुपए की सुपारी का लालच दिया। सार्थक बागड़े के साथ-साथ नीरज निमजे, सचिन धार्मिक और संकेत घोड़मारे से विस्तृत बातचीत की गई, जिन्होंने पुरुषोत्तम का कत्ल करने के लिए हामी भर दी।

सचिन धार्मिक को एक बीयर बार लाइसेंस का लालच भी दिया गया। अर्चना ने ये काम पूरा कर देने पर अपने भाई एमएसएमई के डायरेक्टर प्रशांत पार्लेवार से लाइसेंस दिलाने में मदद करने का वादा किया।

प्रशांत पार्लेवार लगातार अपनी बहन अर्चना को इस कत्ल की साजिश को पूरा करने के लिए गाइड कर रहा था। क्राइम ब्रांच ने ऐक्सीडेंट वाली जगह के आस-पास के कई किलोमीटर के सीसीटीवी फुटेज निकालकर चेक किए तो इस कोशिश में पुलिस को कुछ अहम सुराग मिले।

पुलिस को यह पता चला कि उस दिन 22 मई, 2024 को जब i 20 कार ने पुरुषोत्तम पुत्तेवार को कुचला था, तब कार ड्राइवर नीरज निमजे के साथ उसका एक साथी सार्थक बागड़े भी मौजूद था। इस i 20 कार के पीछे एक एक्टिवा भी आगे-पीछे चल रही थी। अब पुलिस इन लोगों की पहचान करना चाहती थी।

दूसरी बार जब क्राइम ब्रांच ने नीरज निमजे और सार्थक बागड़े को हिरासत में लेकर जब नये सिरे से पुलिसिया ढंग से पूछताछ की तो पता चला कि उस दिन उनकी कार के पीछे एक्टिवा पर चल रहे 2 लोग सचिन धार्मिक और संकेत घोड़मारे थे, जोकि पुरुषोत्तम पुत्तेवार की और उनकी पहचान कराने के लिए बालाजी नगर पहुँचे थे, ताकि नीरज निमजे अपनी कार से पुरुषोत्तम पुत्तेवार को कुचल कर आसानी से वहाँ से भाग सकें।

आरोपी अर्चना पहले से है करोड़ों की मालकिन

ससुर पुरुषोत्तम पुत्तेवार मर्डर की मुख्य आरोपी अर्चना ने पुलिस पूछताछ में अपनी अकूत संपत्ति का भी खुलासा किया है। उसने बताया कि नियोजन विभाग में काम करते हुए उसने काफी संपत्ति अर्जित की थी। वह खुद बैरमजी टाउन में अपने एक आलीशान फ्लैट में रहती है। इसके अलावा उसके पास 2 और भी फ्लैट हैं और एक आलीशान फार्महाउस भी है।

उसने पुलिस को दिए अपने बयान में स्वीकार किया कि उसने अपने ससुर की हत्या करने के लिए एक करोड़ रुपए की सुपारी दी थी। इसमें से उसने 17 लाख रुपए नकद, 40 ग्राम सोने के कंगन और 100 ग्राम सोने के बिस्कुट एडवांस के तौर पर हत्यारों को दिए थे। पुलिस ने हत्यारों से रुपए, सोने के बिस्कुट और गहने बरामद भी कर लिए हैं

पुलिस के अनुसार अर्चना ने सरकारी विभाग में काम करते हुए करोड़ों रुपए की संपत्ति बनाई है।

वहीं पुलिस को बड़सा के एक व्यापारी के माध्यम से अर्चना द्वारा बेनामी संपत्ति खरीदे जाने का भी पता चला है। कॉली कमाई से बनाई गई संपत्ति की जाँच एंटी करप्शन ब्यूरो द्वारा कराई जाएगी। पुलिस जल्द ही इस संबंध में एसीबी को पत्र भेजने वाली है।

इसके अलावा पुलिस जाँच में अर्चना मनीष पुत्तेवार के कार्यस्थल पर कई अनियमितताएँ भी उजागर हुई हैं। अर्चना पुत्तेवार अपने पद का इस्तेमाल काफी गलत ढंग से कर रही थी। उसके खिलाफ लोगों द्वारा कई शिकायतें भी दर्ज कराई गई थीं। अर्चना पर नियमों को तोड़ने और अनधिकृत लेआउट को मंजूरी देने जैसे कई गंभीर आरोप लगाए गए थे, हालांकि अर्चना के राजनीतिक संबंधों के कारण किसी भी आरोप को कभी भी गंभीरता से नहीं लिया गया था।

कुछ साल पहले कोर्ट ने फैसला सुनाया था कि बेटी का पिता की संपत्ति पर अधिकार होता है, इसे लेकर तमाम जगहों पर काफी होहल्ला भी हुआ था।

अर्चना की 3 दिन की पुलिस रिमांड के दौरान पायल अर्चना के बैरमजी टाउन के आलीशान अपार्टमेंट में चली गई और उसने अपने मोबाइल फोन से आपत्तिजनक संदेश और कॉल रिकॉर्ड डिलीट कर दिए।

पुलिस के अनुसार गिरफ्तारी के बाद पायल नागेश्वर ने अपने और अर्चना के मोबाइल से कॉल, चैट, मैसेज और तस्वीरें मिटाने की बात स्वीकार की है।

पुलिस अब साइबर विशेषज्ञों के माध्यम से मिटाए गए सबूतों को वापस लाने और गैजेट को फोरेंसिक प्रयोगशाला में भेजने की तैयारी कर रही थी। पुलिस जाँच दल का मानना है कि कॉल, चैट, संदेशों और तस्वीरों से हत्या के कई सबूत सामने आ सकते हैं, जिसमें प्रत्येक आरोपी की भूमिका और आपसी संबंध उजागर किए जा सकेंगे। पायल नागेश्वर ने मर्डर की सरगना अर्चना की ओर से हत्यारों के बीच सुपारी की रकम बांटने में भी महत्त्वपूर्ण भूमिका निभाई थी।

कहानी लिखे जाने तक नागपुर पुलिस पुरुषोत्तम पुत्तेवार मर्डर के आरोपी अर्चना पुत्तेवार (53 वर्ष) पत्नी डॉ. मनीष पुत्तेवार, प्रशांत एम. पार्लेवार (58 वर्ष) महाराष्ट्र के मध्यम एवं लघु उद्योग डायरेक्टर, अर्चना की पीए पायल नागेश्वर (28 वर्ष) निवासी बैरमजी टाउन नागपुर, सार्थक साहेबराव बागड़े (29 वर्ष) निवासी चैतन्येश्वर नगर वाथोडा नागपुर, नीरज ईश्वर निमजे (30 वर्ष) निवासी शक्ति माता नगर खरबी रोड नागपुर, सचिन मोहन धार्मिक (29 वर्ष) निवासी बगड़गंज नागपुर और सातवें आरोपी संकेत घोड़मारे (23 वर्ष) निवासी नागपुर को गिरफ्तार कर जेल भेज चुकी थी।

◘

L01, 501 कोड में छिपी मर्डर मिस्ट्री

❑ प्रकाश पुंज

मुंबई में ट्रेन से कट कर सुसाइड करने वाले 24 वर्षीय वैभव बुरेंगलु की जेब से मिली पर्ची पर एक कोड लिखा था। उस कोड की जाँच की गई तो उसके पीछे छिपी एक 19 वर्षीय युवती वैष्णवी की ऐसी मर्डर मिस्ट्री सामने आयी कि...

शाम का वक्त था। मुंबई के जुई नगर रेलवे स्टेशन पर काफी चहल-पहल थी। ट्रेनें आतीं, रुकतीं और सवारियां उतरतीं-चढ़तीं फिर ट्रेन आगे बढ़ जाती। उसी क्रमानुसार जैसे ही रेलवे ट्रैक पर एक लोकल ट्रेन आती दिखाई दी, यात्रियों में हलचल बढ़ गई थी। उस वक्त अधिकांश यात्रियों की निगाहें आती ट्रेन पर ही जमी हुई थीं।

जैसे ही ट्रेन प्लेटफार्म पर आकर रुकी, यात्री उसमें चढ़ने-उतरने के लिए आपा-धापी करने लगे थे। तभी उसी भीड़ में से निकलकर एक युवक रेलवे ट्रैक की तरफ बढ़ गया था। जैसे ही ट्रेन प्लेटफार्म से आगे बढ़ी, उस युवक ने चलती ट्रेन के आगे छलांग लगा दी।

कुछ देर पहले तक जो युवक जिंदा था, अब रेलवे ट्रैक पर उसका शव पड़ा था। उसके बाद रेल के पायलट ने इस दुर्घटना की सूचना रेलवे स्टेशन अधिकारी गजेंद्र सिंह को दी।

थोड़ी देर बाद ही घटनास्थल पर रेलवे पुलिस पहुँची और अपनी कार्रवाई कर इसकी सूचना जुई नगर थाने को दी। उसके तुरंत बाद ही वहाँ पर काफी संख्या में भीड़ इकट्ठा हो गई थी। लेकिन लोगों की समझ में कुछ नहीं आ रहा था कि युवक ने इस तरह रेल के आगे कूद कर आत्महत्या क्यों की। पुलिस ने उस युवक की तलाशी ली तो उसकी जेब से कुछ पेपरों के साथ कुछ रुपए और एक मोबाइल फोन मिला। उन पेपरों से उस युवक की शिनाख्त भी हो गई थी। मृतक युवक का नाम वैभव बुरुंगले था और वह कलंबोली का रहने वाला था।

रेलवे स्टेशन अधिकारी गजेंद्र सिंह ने तुरंत ही एक एंबुलेंस को बुलाया, फिर पुलिस ने मौके की कार्रवाई पूरी कर लाश को हॉस्पिटल पहुँचाया।

चूँकि युवक ने चलती ट्रेन के आगे कूदकर आत्महत्या की थी, इसी कारण जीआरपी पुलिस ने वैभव बुरुंगले की मौत के मामले में आत्महत्या का केस दर्ज कर लिया था। यह बात 12 दिसंबर, 2023 की है।

पुलिस भी उलझ गई L01, 501 कोड में

मुंबई पुलिस ने उस युवक की जाँच-पड़ताल की तो उसकी जेब से एक पर्ची मिली, जिस पर डेथ डेट और डेथ कोड 'L01, 501' लिखा हुआ था। उस पर्ची को देखकर पुलिस को लगा कि यह उसका कोई पर्सनल पेपर रहा होगा। उसके बावजूद भी पुलिस ने उस पेपर को संभाल कर रख लिया था। पुलिस ने उसके मोबाइल को ऑन करने की कोशिश की तो वह खुल गया। युवक ने अपने मोबाइल को आम लोगों की तरह लॉक करके नहीं रखा था।

पुलिस ने उस मोबाइल से कुछ जानकारी जुटाने के लिए उसकी फाइलों को खोल कर देखा तो उसमें 2 पेज का एक सुसाइड नोट भी मिला। उसने पहली 2 लाइनों में अंग्रेजी में लिखा था,

'Vaibhav 1998, Vaishnavi 2005. Death reason, Finally we got married in 2023 and we both died accidentally to-gether at the year of 2023. Saddest death ever in history I kill my love and then I finished myself.

इससे यह तो साबित हो ही गया था कि यह किसी युवती को प्रेम करता था। युवक ने अपनी प्रेमिका की हत्या करने के बाद ही ट्रेन के आगे कूदकर आत्महत्या की थी। लेकिन वह युवती कौन थी और उसने उसकी हत्या कहाँ पर की थी, यह पुलिस के लिए एक बहुत ही बड़ा सिरदर्द बनकर रह गया

था। पुलिस समझ नहीं पा रही थी कि इस मर्डर मिस्ट्री को किस तरह से हल किया जाए। पुलिस इस L01, 501 कोड वर्ड को लेकर कशमकश में उलझ गई।

उसी दौरान पुलिस को जानकारी मिली कि 12 दिसंबर, 2023 की शाम को ही खारघर थाने में अरुणा नाम की एक महिला ने अपनी बेटी की गुमशुदगी की रिपोर्ट दर्ज कराई थी। अरुणा ने पुलिस को तहरीर देते हुए बताया था कि उसकी बेटी वैष्णवी एसआईईएस कॉलेज की डेटा साइंस की छात्रा थी। वह 12 दिसंबर की सुबह 10 बजे सायन से निकली थी, लेकिन घर वापस नहीं लौटी।

इस जानकारी के मिलते ही पुलिस ने खारघर पहुँच कर उसकी माँ अरुणा से उसके बारे में अधिक जानकारी जुटाई। अरुणा से पूछताछ के दौरान जो जानकारी मिली थी, उससे यह तो पता चल गया था कि मृतक वैभव और गायब युवती वैष्णवी दोनों ही एक साथ पढ़ते थे।

वैभव ने अपने सुसाइड नोट में उसी वैष्णवी का जिक्र किया था। उसके सुसाइड नोट से यह तो साफ हो गया था कि उसने पहले वैष्णवी की हत्या की, फिर उसने रेल के आगे कूदकर आत्महत्या कर ली थी। लेकिन युवक ने अपनी प्रेमिका वैष्णवी की हत्या कहाँ पर की थी, उस सुसाइड नोट में कुछ भी नहीं लिखा था।

इस जानकारी के मिलते ही पुलिस ने खारघर, कलबोली और वाशी रूट तक हर जगह वैष्णवी को खंगाला। लेकिन कहीं भी वह न मिली। उसके बाद पुलिस ने स्टेशन पर लगे सीसीटीवी फुटेज को खंगाला, लेकिन पुलिस को इस मामले में कोई भी सफलता नहीं मिली। पुलिस ने इस मामले को गंभीरता से लेते हुए हरसंभव स्थान पर लोगों से पूछताछ की, पर कहीं से भी कोई जानकारी नहीं मिली।

वैभव ने आत्महत्या करने से पहले पुलिस के लिए एक कोडवर्ड छोड़ा था, जिससे यह तो तय था कि वैष्णवी के गायब होने में वही कारगर साबित हो सकता है। लेकिन काफी माथापच्ची करने के बाद भी पुलिस कुछ समझ नहीं पा रही थी कि आखिर उस कोड वर्ड का मतलब क्या है।

उसी दौरान पुलिस के सामने बॉलीवुड फिल्म 'धमाल' का एक दृश्य दौड़ने लगा था। जिसमें प्रेम चोपड़ा मरने से पहले गोवा में एक शब्द 'डब्लू' के निशान के नीचे एक करोड़ रुपए के खजाने के दबे होने का जिक्र करता है।

प्रेम चोपड़ा ने उस फिल्म में एक डायलॉग भी बोला था कि मरने वाला व्यक्ति कभी झूठ नहीं बोलता। लेकिन उस फिल्म और इस केस में अंतर था। इसमें वैभव ने जो कोड वर्ड दिया था, उसके नीचे वैष्णवी की लाश दबी हुई थी। वैभव के इस कोड को लेकर मुंबई पुलिस कई दिनों तक यूँ ही इधर-उधर भटकती रही। लेकिन इस कोड वर्ड की कहीं से भी जानकरी नहीं मिल सकी।

पुलिस को पहले तो लगा कि कहीं युवक ने पुलिस को यूँ ही घुमाने के लिए तो कोड वर्ड नहीं लिखा था। आशंका यह भी लग रही थी कि कहीं वैष्णवी जिंदा तो नहीं। मगर दूसरी ओर यह भी शंका थी कि वैष्णवी अगर जिंदा होती तो अब तक उसे अपने घर वापस आ जाना चाहिए था।

जब मुंबई पुलिस इस मामले में हर तरफ से हार चुकी तो उसके सामने बड़ा सवाल आ खड़ा हुआ कि अखिरकार इतने घने पहाड़ों और जंगलों में वैष्णवी को कैसे खोजा जाए। उसके बाद भी पुलिस ने इस मामले में दमकल कर्मियों से लेकर डॉग स्क्वायड, बीएमसी की सर्च टीम, प्राइवेट रेस्क्यू टीम, सिडको (सिटी ऐंड इंडस्ट्रियल डेलवपमेंट कारपोरेशन ऑफ महाराष्ट्र लिमिटेड) की टीम व पुलिस की सर्च टीम को वैष्णवी की खोज में लगाया, लेकिन कहीं से भी उसका अता-पता नहीं चल सका।

तब पुलिस ने खारघर की पहाड़ी और जंगलों में सर्च ऑपरेशन भी चलाया। वहाँ भी कोई सफलता नहीं मिली। मुंबई पुलिस ने इस मामले को लेकर कई बार अधिकारियों की मीटिंग भी की, लेकिन इस कोड का तोड़ किसी के पास नहीं निकला।

पुलिस के लिए पहेली बन गया कोड वर्ड

उसके बाद नवी मुंबई पुलिस की एंटी ह्यूमन ट्रैफिकिंग यूनिट के सीनियर इंस्पेक्टर अतुर अहेर के नेतृत्व में एक टीम ने इलाके के चप्पेचप्पे को छान मारा। शव की तलाश में हर जगह ड्रोन भी उड़ाए गए, लेकिन कहीं भी वैष्णवी के शव का पता नहीं लग सका।

12 दिसंबर से वैष्णवी को ढूंढते-ढूंढते पूरा एक महीना होने वाला था। इस मामले में पुलिस ने हर तरीका अपनाया, लेकिन हर तरफ से पुलिस का हाथ खाली निकला। यह मुंबई का पहला केस था, जिसके आगे पुलिस पूरी तरह से निराश हो रही थी। लेकिन नवी मुंबई पुलिस कमिशनर मिलिंद भारंबे ऐसे अधिकारी थे, जो इस केस से किसी भी तरह से हार मानने को तैयार नहीं थे। वह इससे पहले मुंबई में ही क्राइम ब्रांच में चीफ के तौर भी काम कर चुके थे।

पुलिस कमिशनर मिलिंद भारंबे ने इस केस को लेकर सभी पुलिस अधिकारियों को बुलाकर एक मीटिंग की। उसी मीटिंग के दौरान कमिशनर ने कुछ तेजतर्रार अधिकारियों को लेकर एक टास्क फोर्स बनाई, जिसका काम केवल इसी केस को देखना था। इस टास्क फोर्स की जिम्मेदारी क्राइम बांच के डीसीपी अमित कॉले को दी गई।

केस को सुलझाने के लिए टास्क फोर्स बनते ही सभी अधिकरियों को अलग-अलग काम सौंप दिया था। उसके बाद टास्क फोर्स के सभी अधिकारियों ने संबंधित विभागों से मिलना शुरू किया, लेकिन किसी भी विभाग के पास इस कोड को लेकर कोई जानकारी नहीं थी।

उसके बाद पुलिस कमिशनर ने फिर से आदेश दिया कि यह मामला जंगल से जुड़ा है। इस क्षेत्र में दूर तक जंगल और पहाड़ी ही हैं। वन विभाग वाले जंगल में हर जगह गश्त पर घूमते रहते हैं। शायद इस बारे में उनसे कोई जानकारी मिल सके।

इस आदेश के बाद टास्क फोर्स वन विभाग के अधिकारियों से मिली। टास्क फोर्स के सदस्यों ने उनसे मिलते ही सारी जानकारी देने के बाद वह पेपर पर लिखा कोड दिखाया तो वहीं से इस केस का पुख्ता क्लू मिल गया।

वन विभाग अधिकारियों ने कोड को देखते ही बताया कि यह तो जंगल में खड़े पेड़ों की गिनती का कोड नंबर है। यह सुनते ही टास्क फोर्स को लगा कि वह इस केस के बिलकुल ही नजदीक खड़े हैं। उसके बाद वन विभाग के अधिकारियों ने अपने रजिस्टर निकाल कर उस नंबर की दिशा के हिसाब से जानकारी दी। साथ ही पुलिस टास्क फोर्स का साथ देते हुए वन विभाग अधिकारियों ने उस पेड़ की तलाश शुरू की।

पुलिस कोड वर्ड से पहुँची कंकाल तक

फारेस्ट डिपार्टमेंट के रिकॉर्ड के अनुसार यह कोड खारघर से लगभग 6 किलोमीटर दूर कलंबोली इलाके में दिया गया था। उसके बाद टास्क फोर्स वन विभाग अधिकारियों के साथ उस पेड़ के पास पहुँची तो वहीं झाड़ियों में वैष्णवी की लाश के नाम पर अस्थिपंजर पड़े मिले। उसके पूरे शरीर को जंगली जानवर खा चुके थे।

उसके बाद वैष्णवी के घर वालों ने घटनास्थल पर पहुँच कर उसके कपड़ों, कलाई घड़ी और उसके आईडी कार्ड से ही उसकी पहचान की। तभी पुलिस को दोनों की प्रेम कहानी का पता चला।

लापता वैष्णवी की लाश मिलते ही पुलिस ने राहत की सांस ली। लेकिन हकीकत यह थी कि इस केस ने पूरे पुलिस डिपार्टमेंट को हिलाकर रख दिया था। इस सबसे बड़े रहस्य की बात यह थी कि वैभव ने वैष्णवी को मारने के बाद भी आत्महत्या जैसा कदम क्यों उठाया। उसके बाद फिर क्यों उसकी लाश की मिस्ट्री के लिए वह कोड सुसाइड नोट में लिखा।

वैभव वैष्णवी को बेइंतहा प्यार करता था। उसका प्रूफ पुलिस के हाथ उसके मोबाइल फोन से मिला था। उसने उसकी हत्या करने का काफी पहले ही आसान तरीका ढूंढा था। इसके लिए उसने कई बार गूगल पर सर्च करके तरीका भी खोजा।

वैभव के मोबाइल से पुलिस को एक जिप टैग मिला। गूगल में उसकी तस्वीर भी मिली। उसी के आधार पर उसने एक जिप टैग खरीदा और उसी से गला दबाकर हत्या की थी।

अपने सुसाइड नोट में वैभव ने लिखा कि वैष्णवी को ज्यादा तकलीफ न हो, इसके लिए उसका गला घोंटने से पहले उसने जिप टैग को अपने गले पर आजमाया था। उसकी हत्या करने के बाद उसने लिखा था कि अगले जन्म में हम दोनों साथ-साथ रहेंगे।

नवी मुंबई के रायगढ़ (कोलाबा) जिले के अंतर्गत आता है कलंबोली। यह एक परिवहन केंद्र है, जो सायन पनवेल राजमार्ग पर स्थित है। इसी कलंबोली इलाके में रहते थे वैभव बुरेंगलु और वैष्णवी के परिवार। दोनों के परिवार पड़ोस में ही रहते थे। इसी कारण दोनों की पढ़ाई भी शुरू से एक साथ ही हुई थी।

शुरू से ही दोनों एक साथ खेले कूदे थे। वैभव बुरेंगलु को किसी वजह से अपनी पढ़ाई बीच में ही रोक देनी पड़ी। जबकि वैष्णवी उस वक्त 12वीं की छात्रा थी। पढ़ाई छोड़ देने के बावजूद वैभव उसे पहले की तरह ही प्यार करता था। यही हाल वैष्णवी का भी था। वह भी उसके बिना एक पल अकेली नहीं रहना चाहती थी।

बढ़ती उम्र के साथ वैभव और वैष्णवी की दोस्ती ने प्यार का रूप ले लिया था। उसके साथ ही दोनों एकदूसरे के साथ शादी करने का फैसला भी कर चुके थे। लेकिन जैसे ही इस बात की जानकारी वैष्णवी के घर वालों को हुई तो उन्होंने वैष्णवी से वैभव के मिलने-जुलने पर पाबंदी लगा दी थी। क्योंकि उसके घरवाले इस रिश्ते से खुश नहीं थे।

इसके बावजूद दोनों की मोहब्बत में कोई कमी नहीं आई थी। उसके बाद भी दोनों का प्यार ऐसा परवान चढ़ा कि वे एकदूसरे के करीब आ गए और घरवालों से चोरी-छिपे उन्होंने 2023 में शादी भी कर ली थी। उसके बाद 24 वर्षीय वैभव और 19 वर्षीय वैष्णवी रिलेशनशिप में रहने लगे थे।

अब से कुछ समय पहले ही वैष्णवी को पता चला कि उसके घरवाले उसके लिए अलग ही रिश्ता ढूंढ रहे हैं। यह जानकारी मिलते ही उसे अपने घरवालों की सोच पर बहुत ही दुख हुआ। तब वैष्णवी ने अपनी माँ अरुणा से साफ-साफ कह दिया कि वह शादी करेगी तो वैभव के साथ ही करेगी। वह किसी दूसरे लड़के के साथ हरगिज नहीं करेगी।

वैष्णवी की जिद के आगे अरुणा ने उसे समझाने की कोशिश की, "बेटी, वे लोग हमारी जाति-बिरादरी के नही हैं। जिस के कारण हमारे रिश्तेदार उसके साथ शादी करने के बाद हमारा जीना ही हराम कर देंगे। इसी कारण किसी भी कीमत पर तेरी शादी वैभव के साथ होनी संभव नहीं है।"

वैभव को वैष्णवी पर क्यों हुआ शक

वैभव की शादी को लेकर उसके घरवालों की भी कुछ ऐसी ही सोच थी। वे भी वैष्णवी के दूसरी बिरादरी का होने के नाते उसे अपने घर की बहू बनाने के लिए राजी नहीं थे। वैभव ने उन्हें समझाने की काफी कोशिश की थी। जबकि उसके घरवालों को दोनों के संबंधों के बारे में काफी पहले से जानकारी थी। फिर भी वह उसकी शादी अपनी जाति में ही करना चाहते थे।

इस बात से वैभव बुरेंगलु काफी परेशान रहता था। लेकिन उसके बाद से वैष्णवी का व्यवहार उसके प्रति कुछ बदल-सा गया था। वह उससे पहले की तरह प्यार के साथ बात नहीं कर रही थी। वैभव ने कई बार वैष्णवी से घर से भागने की बात कही। लेकिन वह उसकी बातों को यूँ ही हलके में लेकर हमेशा ही टाल देती थी। वैष्वणी का कहना था कि जब हमारी शादी तो हो ही चुकी है, फिर ऐसे में घर से भागने में क्या फायदा। एक न एक दिन जब दोनों के घरवालों को हमारी शादी की बात पता चलेगी तो वे मान ही जाएँगे।

घरवालों के शादी के खिलाफ होने के बावजूद भी वैष्णवी के चेहरे पर चिंता के कोई भाव नहीं थे, जिससे वैभव को उस पर शक होने लगा था कि कहीं उसका किसी अन्य युवक के साथ तो चक्कर नहीं चल रहा। उसने कई बार उसे किसी के साथ फोन पर बात करते भी देखा था।

इस शक के पैदा होते ही वैभव ने इस बात की खोजबीन शुरू की तो पता चला कि वैष्णवी उसके अलावा भी एक अन्य लड़के से फोन पर बात करती है। उस लड़के का अक्सर उसके साथ मिलना-जुलना भी होता था।

उसकी इस बेवफाई से वैभव अपनी जिंदगी से पूरी तरह से टूट चुका था। उसे वैष्णवी पर भी विश्वास नहीं हो रहा था। उसके बाद से ही उसने अपने मोबाइल में एक सुसाइड नोट लिखना शुरू कर दिया था।

वैभव ने एक नोट में लिखा कि अब हमारे मरने के बाद किसी को भी तकलीफ नहीं होगी। इसके लिए कोई जिम्मेदार नहीं। उसने लिखा था कि वह वैष्णवी को बहुत प्यार करता था, वह उससे शादी कर अपनी दुनिया बसाना चाहता था। काफी समय से दोनों के बीच शारीरिक रिश्ते भी थे, लेकिन वैष्णवी ने ही मेरे साथ दगा की है।

वैभव ने वैष्णवी के साथ बिताए अंतरंग पलों के वीडियो भी बना रखे थे। वैभव ने लिखा था कि वह चाहता था कि वैष्णवी की लाश किसी को न मिले। उसके लिए ही उसने डेथ पॉइंट को डेथ कोड के रूप में एक पर्ची पर लिखकर अपनी जेब में डाल ली थी।

उसे विश्वास था कि दोनों की मौत के बाद पुलिस एक न एक दिन तो उसकी लाश को खोज ही लेगी। लेकिन वैष्णवी को उसके किए की सजा ऐसी मिलेगी कि कोई भी उसकी लाश को पहचान भी नहीं पाएगा।

सच में वैष्णवी की लाश की मिस्ट्री सुलझाने के लिए दिन-रात एक करते हुए मुंबई पुलिस को पूरा एक महीना लग गया था। तब तक उसकी लाश कंकाल में बदल चुकी थी। इस योजना को बनाने के बाद वह उसे मिलने के बहाने जंगल में ले गया और उसकी वहाँ पर हत्या करने के बाद खुद भी ट्रेन के आगे कूद कर आत्महत्या कर ली थी।

◙

अपनी मौत की खूनी स्क्रिप्ट

❑ मो. आसिफ 'कमल'

विक्रांत वर्मा ने खुद को मरा दिखाने के लिए एक अनजान व्यक्ति को छक कर शराब पिलाई। फिर अपने बकरी फार्म में उसे जिंदा जला दिया। ताज्जुब की बात यह कि रमेश वर्मा ने भी उस लाश की शिनाख्त अपने बेटे विक्रांत वर्मा के रूप में कर ली। आखिर विक्रांत ने क्यों लिखी अपनी ही मौत की यह खूनी स्क्रिप्ट?

मौत

रमेश वर्मा जब सुबह अपने खेत पर स्थित बकरी फार्म पर गए तो देखा कि अलाव के पास कोयला जैसी जली एक लाश पड़ी हुई है। उनके बेटे विक्रांत की बाइक भी वहीं खड़ी थी। उसका जला हुआ मोबाइल फोन भी वहीं लाश के पास ही पड़ा था। इस आशंका से कि लाश उनके बेटे विक्रांत की तो नहीं है, उनके होश उड़ गए, रमेश वर्मा ने तुरंत घर फोन किया।

परिवार के अन्य लोग भी वहाँ आ गए। बड़े बेटे को भी सूचना दी गई। बाइक, मोबाइल और कपड़ों के जले हुए अंश से लाश की पहचान घरवालों ने 25 वर्षीय विक्रांत वर्मा के रूप में कर ली। देखते ही देखते खबर पूरे गाँव में फैल गई। पुलिस को सूचना दी गई। सुलतानपुर के कोतवाली देहात की पुलिस मौके पर पहुँची और हालात का जायजा लिया।

उत्तर प्रदेश के जिला सुलतानपुर के गाँव दुबेपुर में 25 वर्षीय विक्रांत वर्मा पत्नी और 2 जुड़वां बेटियों के साथ रहता था। वैसे उसके पास खेती की जो जमीन थी, उससे गुजारे भर पैदावार हो जाती थी, लेकिन विक्रांत और उसकी पत्नी को उससे तसल्ली नहीं थी। वह ऐसी आमदनी चाहते थे, जिससे उनके पास भी भरपूर पैसा और आधुनिक सुख-सुविधाओं के सारे साधन हों। दोनों इस पर विचार-विमर्श भी करते रहते थे।

विक्रांत ने आमदनी बढ़ाने का जतन शुरू किया, उसने बैंक से लोन लेकर पहले मुर्गी पालन का काम किया। काफी मेहनत और लगन के बाद भी विक्रांत को मुर्गी पालन में सफलता नहीं मिली। मुर्गियों में बीमारियां लग गईं।

काफी इलाज के बाद भी उन्हें बचाया नहीं जा सका। उधर पोल्ट्री फार्म में काम करने वाले मजदूरों ने भी सही तरीके से उनकी देखभाल नहीं की, जिससे काफी संख्या में मुर्गियाँ मर गईं। उसका यह कारोबार फेल हो गया। जिससे विक्रांत को इसमें काफी बड़ा आर्थिक नुकसान हुआ।

विक्रांत ने सोचा कि मुर्गी पालन बहुत जोखिम का कारोबार है। वह किसी भी तरीके से मुर्गी पालन करने में सफल नहीं हो सकता है। इसलिए उसने फिर बकरी पालन का काम किया, लेकिन वह उसमें भी सफल नहीं हुआ। दोनों ही धंधों में असफलता उसके हाथ लगी। जिससे उसकी पूंजी डूब गई और वह लाखों रुपए का कर्जदार हो गया था।

इसके बाद विक्रांत हर समय मोबाइल में लगा रहता था। मोबाइल पर लगे रहना पत्नी को अच्छा नहीं लगता था। उसकी इस आदत से पत्नी बहुत दुखी थी। उसके मन में यही खयाल आते रहते थे कि कहीं उसके पति का किसी और से चक्कर तो नहीं है।

घर की आर्थिक हालत सही नहीं थी। ऊपर से पति का कमाने की तरफ ध्यान नहीं था, इसलिए पत्नी ने विक्रांत को टोकना शुरू किया।

एक दिन विक्रांत ने पत्नी से कहा कि वह दिल्ली काम की तलाश में जा रहा है। किसी दोस्त ने बताया है कि किसी फैक्ट्री में उसकी नौकरी लग जाएगी।

अचानक दिल्ली जाने की बात सुनकर पत्नी को शक व आश्चर्य तो हुआ, फिर भी उसने सहज ही हँसी-खुशी उसे दिल्ली जाने के लिए घर से विदा किया।

सभी कार्यों से निराश हो जाने पर विक्रांत दिल्ली में नौकरी करने गया। दिल्ली में कुछ महीने नौकरी करने के बाद वह घर आया। यह बात 15 जनवरी, 2024 की है। उस समय रात के लगभग 10 बजे थे। कुछ समय रात में अपनी पत्नी और बच्चों के साथ समय बिताने के बाद सभी लोग सो गए।

विक्रांत को किसने जलाया

16 जनवरी, 2024 की सुबह अपनी दैनिक क्रियाएँ करने के बाद विक्रांत नाश्ते के लिए बैठ गया। पत्नी परांठे और चाय लेकर आ गई। इस बीच एक बच्ची रोने लगी। पत्नी उसे बिस्तर से गोदी में उठा लाई। संभालने, चुप कराने के लिए गोदी में लेकर वह पति के पास ही बैठ गई।

इस समय विक्रांत बहुत उदास था और गुमसुम सा बैठा नाश्ता कर रहा था। पत्नी को जब उसके चेहरे से परेशानी झलकती दिखाई दी तो उसने सवाल कर ही दिया। क्या बात है? कैसे परेशान दिख रहे हो? दिल्ली में सही काम नहीं मिला तो कोई बात नहीं। आप यहीं खेती में ही फिर नये सिरे से मेहनत करो। धीरे-धीरे सारी परेशानियां दूर हो जाएँगी।

विक्रांत ने भी चुप्पी तोड़ी और कहा कि मुझ पर अब तक 9 लाख का कर्ज हो चुका है। उसका तगादा हो रहा है। मुझे इसी बात की चिंता हो रही है कि यह कर्ज कैसे उतरेगा। काफी देर दोनों में विचार विमर्श हुआ फिर विक्रांत गाँव में घूमने निकल गया। दोपहर में घर आया। खाना खाया और फिर मोबाइल में रम गया।

शाम लगभग 6 बजे बाइक लेकर वह अपने बकरी फार्म पर गया। पत्नी से कहकर गया कि देखते हैं, खेती में कैसे और क्या हो सकता है।

रात 10 बजे तक विक्रांत जब वापस नहीं आया, तब उसकी पत्नी ने फोन किया। फोन की घंटी बजती रही, लेकिन फोन उठा नहीं।

इससे पत्नी की चिंता बढ़ गई। उसने अपने ससुर रमेश वर्मा से यह बात बताई। उन्होंने भी फोन मिलाया, लेकिन फोन नहीं उठा।

रमेश वर्मा ने कई जगह रिश्तेदारियों में फोन करके पूछा, पर विक्रांत का कोई पता नहीं मिला। उसकी पत्नी ने भी अपने रिश्तेदारों में बात की लेकिन पता नहीं चला कि विक्रांत कहाँ है।

दोनों के दिमाग में यह था कि अगर फार्महाउस पर होता तो अब तक घर आ जाता। इतनी सर्दी में देर रात तक बकरी फार्म पर रुकने का कोई मतलब ही नहीं है। हो सकता है कि कहीं दोस्तों के साथ चला गया हो। बात आई गई हो गई। रात को लोग अपने-अपने कमरों में सो गए।

अगले दिन राजेश वर्मा बेटे के बकरी फार्म पर पहुँचे तो वहाँ अलाव में जली हुई एक लाश पड़ी थी। पास में बेटे विक्रांत की बाइक खड़ी थी।

इसकी सूचना उन्होंने घरवालों के अलावा कोतवाली (देहात) पुलिस को भी दे दी।

पुलिस को मामला आत्महत्या का प्रतीत हो रहा था। पास में जला हुआ एक मोबाइल फोन भी पड़ा था। घरवाले लाश की शिनाख्त विक्रांत वर्मा के रूप में पहले ही कर चुके थे। घटनास्थल पर ठंड से बचाव के लिए अलाव भी जलाया गया था, ढेर सारी राख इस बात की गवाही दे रही थी। उन दिनों शीत लहर चल रही थी, जिससे भीषण सर्दी थी। पुलिस ने मौके की जरूरी कार्रवाई करके लाश पोस्टमार्टम के लिए भेज दी।

लाश का पोस्टमार्टम डॉक्टरों के एक पैनल द्वारा किया गया। पोस्टमार्टम रिपोर्ट में बताया कि मृतक उस वक्त बहुत ज्यादा शराब के नशे में था और आग में जल जाने से उसकी मौत हुई है। मृत्यु की बहुत ज्यादा स्थिति स्पष्ट न होने के कारण इस मामले में उसका विसरा जाँच के लिए भी भेजा गया।

पुलिस क्यों नहीं कर रही थी हत्या की रिपोर्ट दर्ज

रिपोर्ट में इस बात की पुष्टि हुई कि उसने अत्याधिक शराब का सेवन कर रखा था। ऐसे में कयास लगाया जा रहा था कि विक्रांत शराब के नशे में अलाव के पास पहुँचा और वहाँ आग की चपेट में आने से उसकी मौत हो गई। विक्रांत के पिता इसे आत्महत्या या दुर्घटना मानने को तैयार नहीं थे। उनका मानना था कि उनका बेटा विक्रांत कितने भी डिप्रेशन में हो, लेकिन अत्यधिक शराब का सेवन नहीं कर सकता। वह आत्महत्या जैसा घातक कदम भी नहीं उठा सकता।

मौके की स्थिति भी हत्या किए जाने जैसी थी। एक जगह जलने के संकेत थे। उसने इधर-उधर भागने की कोई कोशिश नहीं की, जिससे स्पष्ट होता है कि विक्रांत को मार कर सबूत मिटाने के लिए जलाया गया है। उन्होंने अतिम संस्कार की औपचारिकता पूरी करने के बाद दूसरे दिन थाने में हत्या की आशंका जताते हुए तहरीर दे दी।

पीड़ित पिता ने दी तहरीर में कहा कि उन्हें आशंका है कि अज्ञात व्यक्तियों ने उनके बेटे की हत्या करके सबूत मिटाने के लिए शव जला दिया है। उनकी तहरीर पर पुलिस ने हत्या की रिपोर्ट दर्ज नहीं की।

पुलिस की मानें तो घटना से एक दिन पहले मृतक ने अपने दोस्त रंजीत को कॉल की थी। फिर उससे मिल कर वह फूट-फूट कर रोया कि अब मैं जिंदा नहीं रहूँगा। मुझे कोई अच्छी निगाह से नहीं देखता।

घर परिवार में भी कोई इज्जत नहीं है। समाज भी बुरा समझने लगा है। ऐसी जिंदगी से क्या फायदा। शुरुआती जाँच के बाद पुलिस का स्पष्ट मत बन चुका था कि विक्रांत ने आत्महत्या की है। पुलिस ने युवक के मोबाइल फोन समेत कई वस्तुओं को जाँच के लिए कब्जे में लिया।

विक्रांत वर्मा की हत्या को 4 दिन बीत गए और अब तक केस दर्ज नहीं हुआ। घरवाले हत्या का आरोप लगाते हुए थाने के चक्कर लगाते रहे, लेकिन पुलिस आत्महत्या का केस दर्ज कराने के लिए परिजनों पर दबाव बनाती रही।

ऐसे में पिता ने अपने बड़े बेटे के साथ एसपी सोमेन वर्मा से मिलकर उनसे हत्या का मुकदमा दर्ज कराए जाने की माँग की। थाना पुलिस के कार्रवाई न करने पर उन्होंने लंभुआ विधायक सीताराम वर्मा से भी हत्या का केस दर्ज कराने की गुहार लगाई। विधायक विनोद सिंह से भी उन्होंने संपर्क किया। वह इस समय सदर सीट से विधायक हैं।

इन दोनों विधायकों की सिफारिश और बाप-बेटे की भागदौड़ आखिर रंग लाई और 22 जनवरी, 2024 को कोतवाली (देहात) थाने में अज्ञात के खिलाफ विक्रांत की हत्या का केस दर्ज हुआ। देहात कोतवाल श्याम सुंदर ने बताया कि विक्रांत के पिता ने बेटे की हत्या की शंका जताई थी, जिसके चलते मामला दर्ज कर उन्होंने जाँच शुरू की।

एसपी सोमन वर्मा ने विक्रांत हत्याकांड के खुलासे के लिए 2 पुलिस टीमें गठित कीं। पहली टीम का नेतृत्व कोतवाल श्याम सुंदर को सौंपा गया।

टीम में एसआई अखिलेश सिंह, विनय कुमार सिंह, हेडकांस्टेबल विजय कुमार, विजय यादव व आलोक यादव को शामिल किया गया।

16 जनवरी को दोपहर अनुज शक्तिमान के साथ अमहट क्षेत्र में स्थित सरकारी देसी शराब के ठेके पर पहुँचा काफी देर की निगरानी के बाद वहाँ नशे में झूलता हुआ एक व्यक्ति मिला, जिसे उन दोनों में से कोई नहीं जानता था। वो कदकाठी में बिलकुल विक्रांत ही जैसा था।

दूसरी टीम एसओजी की गठित की। इस स्वाट टीम के प्रभारी उपेंद्र सिंह थे। इसमें समरजीत सरोज, विकास सिंह, तेजभान सिंह और अबू हमजा को शामिल किया गया था। एसपी ने इस केस के खुलासे के लिए 25 हजार रुपए का इनाम भी घोषित कर दिया था। दोनों टीमों की निगरानी लंभुआ क्षेत्र के सीओ अब्दुल सलाम कर रहे थे।

मुखबिर की सूचना पर क्यों चौंकी पुलिस

जाँच के दौरान ही एक दिन श्याम सुंदर को मुखबिर ने सूचना दी कि विक्रांत मोबाइल फोन से गाँव में कभी-कभार किसी से बात करता है। यह सुनकर कोतवाल का दिमाग चकराया कि विक्रांत तो मर गया तो फिर वह फोन पर कैसे बात कर सकता है।

उन्होंने अपने उच्चाधिकारियों को यह बात बताई। अधिकारी भी सकते में आ गए। उन्होंने कहा कि विक्रांत जब किसी से बात करता है तो वह जली हुई लाश क्या किसी और की थी? इसका मतलब यह है कि विक्रांत अभी जिंदा है।

अधिकारियों ने हरी झंडी देते हुए कहा कि मुखबिर की सूचना पर जाँच आगे बढ़ाई जाए, विक्रांत जिस मोबाइल नंबर से बात करता था, वह

मोबाइल नंबर पुलिस के हत्थे चढ़ गया। पता चला कि इस नंबर पर रात में किसी से कभी-कभार बात होती है। दिन के बाकी समय में यह नंबर बंद रहता है।

कोतवाल श्याम सुंदर को पता चला कि यह मोबाइल नंबर एक महिला का है। मोबाइल नंबर की लोकेशन हरियाणा प्रदेश के पानीपत शहर की मिल रही थी।

इस हत्याकांड को खोलने के लिए कोतवाली पुलिस पर 2-2 विधायकों और उच्चाधिकारियों का प्रेशर बना हुआ था। पानीपत की लोकेशन मिलते ही पुलिस की टीमों को वहाँ भेजा गया। पुलिस मुखबिर को साथ में लेकर उस क्षेत्र की निगरानी कर रही थी। जहाँ पर टेलीफोन नंबर की लोकेशन मिल रही थी।

पुलिस ने सर्विलांस टीम की मदद ली। लोकेशन ट्रेस हुई। इसके बाद पुलिस ने हरियाणा के पानीपत स्थित गली नंबर 28 (वार्ड नं. 16) विकास नगर में दबिश दी। यह इलाका थाना सेक्टर- 29 इंडस्ट्रियल एरिया का है।

कई दिनों की कड़ी मेहनत के बाद आखिर विक्रांत वर्मा हत्थे चढ़ गया। उसे जीवित देखकर पुलिस चौंक गई। पता चला कि उसने यहाँ अपना नाम विक्की कुमार रख लिया था। अपनी पहचान बदलने की उसने पूरी कोशिश की, लेकिन मुखबिर की शिनाख्त के कारण विक्रांत वर्मा को पुलिस ने दबोच लिया।

थोड़ी सी सख्ती करने पर विक्रांत वर्मा टूट गया। उसने अपना विक्रांत वर्मा होना स्वीकार किया तथा गुनाह कुबूल कर लिया। वहाँ से पुलिस ने विक्रांत, उसके साथी शक्तिमान कुमार व अनुज साहू निवासी कासगंज के तुमरिया को गिरफ्तार कर लिया।

विक्रांत ने पुलिस को जो कुछ बताया, घटना के 25वें दिन केस का खुलासा करते हुए उसकी जानकारी लंभुआ के सीओ अब्दुल सलाम ने पत्रकारों को एक प्रेस कान्फ्रेंस में दी। कोतवाल श्याम सुंदर भी उस समय वहाँ मौजूद थे।

विक्रांत ने क्यों उड़ाई थी अपनी आत्महत्या की खबर

जाँच में पता चला कि रोजगार के लिए दिल्ली आने पर विक्रांत की मुलाकात शक्तिमान कुमार और अनुज साहू से हुई थी। उस समय विक्रांत डिप्रेशन में था। उसकी परेशानी चेहरे से साफ झलक रही थी। उन दोनों ने उसके चेहरे को पढ़ लिया। पूछने लगे कि वह किस बात से परेशान है।

विक्रांत ने बताया कि उसकी जुड़वां बच्चियां हैं, जो लगभग डेढ़ साल की हो चुकी हैं। पत्नी बच्चों के पालन पोषण में लगी रहती है, जिससे उसका उसकी तरफ कोई ध्यान नहीं है। जबकि एक और लड़की जो उसका पहला प्यार है, वह अब भी मेरा इंतजार कर रही है। मैं आज भी पहले प्यार को भुला नहीं पा रहा हूँ।

पत्नी की बेरुखी ने प्रेमिका से प्यार और भी बढ़ा दिया है। उसकी बेबसी और लाचारी मुझसे देखी नहीं जा रही। शरीर के बीच जो दूरियां बनी हुई हैं, उससे मैं बहुत दुखी हूँ। वह भी दो जिस्म मगर एक जान होने के लिए तत्पर है। मुझ पर दबाव भी बना रही है। प्रेमिका ने बताया है कि अब घरवाले उसकी शादी की तैयारी कर रहे हैं। उसकी यह बात सुन कर मैं बहुत परेशान हूँ। मैं उसे किसी हालत में खोना नहीं चाहता।

विक्रांत ने अपने साथियों को यह भी बताया कि उसका मुर्गी पालन और बकरी पालन का व्यवसाय फेल हो गया। उससे कर्जदार हो गया है। करीब 9 लाख रुपए का बैंक का कर्ज है। अब उसे वह ऐसी तरकीब बताएँ कि मर कर भी जिंदा रहे और सारी प्राब्लम दूर हो जाए।

शक्तिमान कुमार और अनुज साहू ने काफी सोच विचार के बाद क्राइम मिस्ट्री तैयार की। उन्होंने बताया कि हम किसी और व्यक्ति की हत्या करके उसकी लाश को जला देंगे और वहाँ पर तेरा सामान बाइक, मोबाइल आदि छोड़ देंगे, जिससे पता चले कि विक्रांत ने आत्महत्या कर ली है। इस तरह तुम्हारा पत्नी से भी पीछा छूट जाएगा और प्रेमिका भी हासिल हो जाएगी और कर्ज के 9 लाख रुपए भी देने नहीं पड़ेंगे।

किस को बनाया बलि का बकरा

अपनी कार्ययोजना को अंजाम देने के लिए 15 जनवरी, 2024 को विक्रांत दोनों दोस्तों के साथ अपने गाँव आ गया। उसने अपने दोनों साथियों को फार्महाउस पर ठहरने की व्यवस्था की।

16 जनवरी की दोपहर अनुज शक्तिमान के साथ अमहट क्षेत्र में स्थित सरकारी देसी शराब के ठेके पर पहुँचा। काफी देर की निगरानी के बाद वहाँ नशे में झूलता हुआ एक व्यक्ति मिला, जिसे उन दोनों में से कोई नहीं जानता था। वो कदकाठी में बिलकुल विक्रांत ही जैसा था।

उसे वे यह बोल कर बाइक पर बैठाकर लाए कि चलो तुम्हें घर पहुँचा दें। वह दोनों उसे अपने बकरी फार्म पर ले आए। विक्रांत ने शराब की दुकान से एक बोतल खरीदी और फिर वह भी बकरी फार्म आ गया।

वहाँ उन तीनों ने उस व्यक्ति को और शराब पिलाई। वह इतना बेहोश हो गया कि अपने आप हिलडुल भी नहीं सकता था। शराबी ने सफेद कुरता पाजामा ब्राउन कलर की जैकेट, मफलर पहना हुआ था।

विक्रांत ने जो कपड़े पहन रखे थे, जिन्हें पहन कर वह दिन भर गाँव में भी घूमा था, वह कपड़े उतार कर उस व्यक्ति को पहना दिए। उससे पहले उस व्यक्ति के सारे कपड़े उतार दिए थे। काम पूरा करने के बाद बकरी फार्म से भागने के लिए उन्होंने सारा सामान बैग में पहले तैयार कर लिया था। उसमें से पैंट शर्ट निकाल कर विक्रांत ने पहन लिए, कुछ लकड़ियां और उपले उन लोगों ने पहले ही एकत्र कर लिए थे। जिससे कि यह पता चले कि ठंड से बचने के लिए यहाँ अलाव जलाया गया था। फिर उस व्यक्ति पर पेट्रोल डाल कर आग लगा दी। उसके कपड़े भी जला दिए।

उस समय रात के लगभग 9 बज चुके थे। चारों तरफ सन्नाटा था। सभी लोग ठंड में अपने घरों में थे। जब उन तीनों लोगों को विश्वास हो गया कि वह व्यक्ति मर चुका है और उसकी लाश को पहचाना नहीं जा सकता, फिर वे सब वहाँ से फरार हो गए।

वहाँ से पहले लखनऊ फिर कासगंज और उसके बाद में पानीपत चले गए। पानीपत में ही विक्रांत की प्रेमिका भी रहती थी।

जिस को जलाया गया आखिर वो व्यक्ति था कौन

यह सुनकर पुलिस के भी होश उड़ गए। पुलिस ने पोस्टमार्टम रिपोर्ट को ध्यान से नहीं देखा था। क्योंकि पोस्टमार्टम रिपोर्ट में मृतक जाँच अधिकारी श्याम सुंदर की आयु लगभग 60 वर्ष जरूर बताई गई होगी। जबकि विक्रांत की उम्र मात्र 25 साल थी। पुलिस की जाँच में सामने आया कि जिस व्यक्ति को शराब के नशे में धुत करके जिंदा जलाया था, वह सामुदायिक स्वास्थ्य केंद्र, दुबेपुर में चालक द्वारिकानाथ शुक्ला पुत्र चंद बहादुर शुक्ला था। द्वारिकानाथ शुक्ला की बंधु आकला थाने में गुमशुदगी दर्ज थी। वह इसी क्षेत्र में रहता था।

लगभग 60 वर्षीय द्वारिकानाथ शुक्ला उत्तर प्रदेश के अयोध्या जनपद के गाँव रौतवां का मूल निवासी था। यह भी पता चला कि शक्तिमान इस समय पानीपत में ही रहता है। विक्रांत वर्मा ने भी यहीं पर नौकरी कर ली थी। पुलिस ने द्वारिकानाथ शुक्ला की गुमशुदगी को हत्या में तरमीम किया।

कानूनी औपचारिकताएँ पूरी करने के बाद पुलिस ने शक्तिमान कुमार, अनुज साहू और विक्रांत वर्मा को गिरफ्तार कर न्यायालय में पेश किया, जहाँ से तीनों को जेल भेज दिया।

अश्लील वीडियो चैट गैंग कई लड़कियां गिरफ्तार

❑ उमेशचन्द्र त्रिवेदी

अच्छी सैलरी के लालच में कुछ लड़कियां अश्लील वीडियो चैट गैंग के चंगुल में फँस जाती हैं। निकिता भी उनके चंगुल में जा फँसी। आप भी जानें कि गैंग नौकरी के लालच में किस तरह लड़कियों को फाँस कर अश्लील वीडियो चैट कराने को मजबूर करता है?

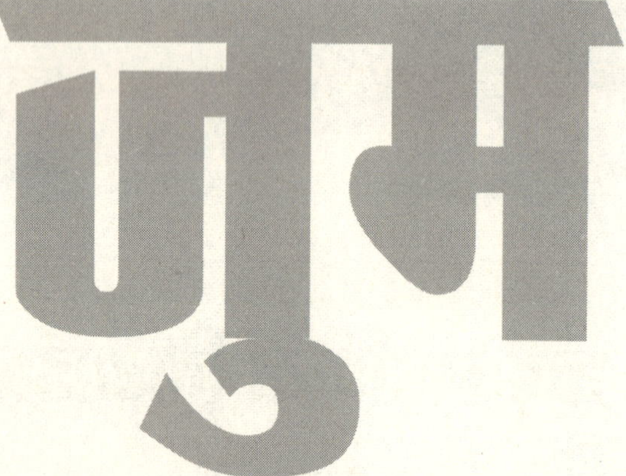

राघव चड्ढा ने धड़कते दिल से अपने मोबाइल का वीडियो कॉल ऑन किया तो वह अपनी जगह से उछल पड़ा। क्योंकि उसके मोबाइल पर जो लड़की नजर आई, वह 22-23 साल की खूबसूरत नवयौवना थी। उसका एक-एक अंग कसा हुआ और कमनीय था। रंग दूध में केसर मिले जैसा हल्का सा गुलाबी। कॉले बालों की लंबी चोटी जो इस वक्त उसके उभरे सीने पर नागिन सी बलखाती प्रतीत हो रही थी। पतले रसीले होंठ, लंबी नाक और हिरणी सी चंचल आँखें। वह सचमुच अप्सरा जैसी ही लग रही थी।

उसके जिस्म पर रंगीन बेलबूटों वाली मिनी शर्ट और आसमानी रंग की जींस थी।

राघव चड्ढा इस वक्त केवल टावेल लपेटे हुए था। शरमा कर वह शर्ट पहनने दौड़ा तो अप्सरा खिलखिलाकर हँस पड़ी, "रहने दो राघव, तुम्हारा नंगा बदन देखने में मुझे मजा आ रहा है। शर्ट पहनने की कोशिश करोगे तो सारा मजा ही खराब हो जाएगा।"

राघव के पांव वहीं ठिठक गए। वह झेंप कर बोला, "मैं नहा कर आया था, ध्यान ही नहीं रहा कि मैंने अपनी शर्ट और पायजामा नहीं पहना है।"

"कोई बात नहीं, "अप्सरा मुसकराई, "देखो, तुम्हारा टाइम निकल रहा है, तुमने एक घंटे के लिए मुझे एक हजार रुपए दिए हैं।"

"हाँ।" राघव ने सिर हिलाया और अप्सरा की खूबसूरत फिगर देखते हुए गहरी सांस भरी, "तुम वाकई हसीन हो अप्सरा। तुम्हें देखकर दिल को सुकून पहुँचा गया।"

"मैं तुम्हारे दिल को गुदगुदाना चाहती हूँ राधव, मैं और मेरी यह जवानी एकदम अछूती है, इसे आज तक किसी पुरुष ने छुआ तक नहीं है। तुम्हें मैं

अपनी उफनती जवानी का नशीला डोज पिलाने को तैयार हूँ, इसकी कीमत दे सकोगे?"

राघव ने पूरे जोश में कहा, "क्या लोगी, हुक्म करो अप्सरा, तुम्हारी इस अछूती कातिल जवानी का जाम पीने के लिए मैं खुद को कुरबान कर सकता हूँ।"

"मैं एक बार की बैठक के 5 हजार लूँगी। पूरी रात अपनी बांहों में रखोगे तो 20 हजार खर्च करने पड़ेंगे।"

"मैं 25 हजार दे दूँगा अप्सरा, तुम्हें मैं अपने बिस्तर पर हर सूरत में पाना चाहता हूँ।" राघव के स्वर में मजबूती थी।

"यह सौदा तुम्हारे और मेरे बीच का होगा राघव। इसके लिए मैं तुमसे आज रात को 7 बजे संपर्क करूँगी।" अप्सरा बहुत धीमी आवाज में बोली, जिसे केवल राघव ही सुन पाया।

"ठीक है अप्सरा, मैं 7 बजे तैयार रहूँगा। मुझे बता देना तुम्हें मैं कहाँ से पिक करूँ।"

"बता दूँगी," अप्सरा ने कहकर कातिल अंगड़ाई ली। फिर बड़ी बेबाकी से उसने शर्ट के बटन खोल दिए। उसका उफनता हुआ यौवन खजाना अब अधखुला था। राघव की आँखें फट पड़ीं।

"देख लो राघव बाबू, तुमने ऐसी जन्नत का नजारा शायद ही कभी किया होगा।"

"सही कह रही हो अप्सरा।" फटी-फटी आँखों से अप्सरा के अर्धनग्न उभारों का नजारा देखते हुए राघव चड्ढा ने थूक निगला, "मेरी शादी नहीं हुई है तो यह सब कहाँ देखने को मिलता।"

"कुछ और देखोगे..."

"नहीं।" राघव जल्दी से बोला, "अगर शरीर के सारे भेद पहले ही खोल दोगी तो उन लम्हों का सारा मजा किरकिरा हो जाएगा जो मैं अपने

पलंग पर देखना चाहता हूँ। तुम्हारे जिस्म को मैं बेपरदा करूँ, यह मेरी तमन्ना है।"

"ओके।" अप्सरा ने कहने के बाद अपनी शर्ट के बटन लगा लिए।

"तो मैं शेष बचे तुम्हारे 15 मिनट का आनंद बातों से ही चुका देती हूँ। मेरी रसभरी बातें भी तुम्हें पूरा मजा देंगी राघव बाबू।"

इस न्यूड चैटिंग गिरोह का सरगना रविंदर कुमार, राजबाग, साहिबाबाद का निवासी है। अपनी एक महिला मित्र के कहने पर उसने अश्लील न्यूड चैटिंग का काम शुरू किया था। वह जॉब एप्लीकेशन वेबसाइट से मैरिड, अनमैरिड युवतियों, औरतों के रिज्यूम लेता था।

"मुझे तुम्हारे रसभरे यौवन को देखकर ही मजा आ रहा है अप्सरा। अब शेष रात के लिए छोड़ो। कुछ अपने विषय में बताओ, कहाँ पर रहती हो तुम?"

"गाजियाबाद की ही हूँ राघव," अप्सरा फिर धीरे से फुसफुसाई, "यह सब पूछताछ मेरी जॉब में शामिल नहीं है। तुम रोमाँटिक बातें करो।"

"जॉब..." राघव चौंका, "क्या तुम पुरुष का दिल बहलाने की जॉब करती हो?"

"हाँ।" अप्सरा ने धीरे से कहा, "मेरा मालिक सामने बैठा है, लेकिन इतनी दूर है जहाँ मेरी धीमी आवाज नहीं पहुँच पाएगी।"

राघव चड्ढा गाजियाबाद की एक प्राइवेट कंपनी में सेल्समैन का काम करता था। संडे या छुट्टी वाले दिन वह देर तक सोता था। उसकी अभी शादी नहीं हुई थी। मम्मी-पापा अलीगढ़ में रहते थे, अतः उसे यहाँ कोई डिस्टर्ब करने वाला भी नहीं था। राजनगर एक्सटेंशन में उसने किराए का कमरा

ले रखा था। फिलहाल मस्तमौला जिंदगी थी उसकी। खाना वह घर पर ही बनाता था।

छुट्टी वाले दिन वह 10 बजे तक सोता था, फिर उठ कर नित्यकर्म से निपटने के बाद चाय परांठे बनाता था। फिर मोबाइल लेकर पलंग पर पसर जाता था। कोई दोस्त वगैरह आ गया तो उससे गप्पें लड़ा कर टाइम पास हो जाता था।

उस दिन रविवार को सवा 10 बजे राघव ने बिस्तर छोड़ा। टावेल बाथरूम में टांग कर वह फ्रेश होने के लिए टायलेट में घुस गया। टायलेट से निपट कर वह नहाया और टावेल लपेट कर किचन में आ गया। उसने चाय गैस पर रखी ही थी कि तभी उसके मोबाइल की घंटी बजने लगी।

स्क्रीन पर नया नंबर था, जो उसके लिए अनजान था। उसने फोन काट दिया। थोड़ी देर में फिर मोबाइल की घंटी बजने लगी। वही नंबर स्क्रीन पर था।

राघव ने कॉल रिसीव करके कहा, "हैलो..."

दूसरी ओर से किसी फीमेल की आवाज उसके कान में सुनाई दी, "गुड मार्निंग राघवजी।"

"गुडमार्निंग।" हैरत में डूबे राघव ने जल्दी से कहा, "मैंने आपको पहचाना नहीं। आप कौन हैं?"

"मैं आपके पहचान की नही हूँ मिस्टर राघवजी, लेकिन क्या अंजान लोगों से आप बात नहीं करते हैं?"

स्वर में जैसे मिश्री घोल रखी हो उस युवती ने। राघव चड्ढा के दिल के तार झनझना उठे।

वह हड़बड़ा कर बोला, "बात अंजान व्यक्ति से भी की जा सकती है लेकिन नाम मालूम हो जाता तो अच्छा रहता।"

"मेरा नाम अप्सरा है।" अपने एक-एक शब्द में शहद घोलते हुए दूसरी ओर से युवती ने अपना परिचय दिया, "मैं नाम की ही अप्सरा नहीं हूँ, मेरा रूप यौवन इंद्र की अप्सरा को भी मात देने वाला है।"

राघव उसके रूप यौवन की बात पर सिर से पांव तक रोमाँच से भर गया। गैस बंद करके वह पलंग पर आकर बैठ गया। उस युवती की आवाज का जादू उसके सिर चढ़ कर बोलने लगा था। उसे लगा यह युवती दिलफेंक है और उससे दोस्ती करना चाहती है।

"आप खामोश हो गए राघव बाबू। लगता है आपको मेरी बात पर विश्वास नहीं हो रहा है।"

"नहीं, ऐसी बात नहीं है अप्सराजी, " राघव जल्दी से बोला, "आप कह रही हैं तो आप होंगी इंद्र की अप्सरा से भी हसीन, जवान। लेकिन मैं यह नहीं समझ पा रहा हूँ कि आप मुझे कैसे जानती हैं। मेरा मोबाइल नंबर आपको किसने दिया है और...."

"आप जैसे हैंडसम बैचलर का नाम और मोबाइल नंबर मालूम करना ही हमारा काम होता है मिस्टर राघव चड्ढाजी, हमें यह सब पता होगा तभी तो आपसे मन की बात हो सकेगी।" राघव की बात काट कर अप्सरा ने मदहोश करने वाले अंदाज में कहा, "मुझसे बात करके आप सारे जहाँ का सुख पा लेंगे।"

"वाव! आप तो बहुत रोमाँटिक मिजाज वाली हैं अप्सराजी, किंतु आप बातों से ही मन बहलाती हैं या इससे आगे भी जाने की कोशिश करती हैं। मेरा इशारा समझ रही हैं न आप?"

"मर्दों का चेहरा पढ़कर उसके दिल की बात जान लेने की कला हर औरत को आती है राघव बाबू। आप के मन में जो कुछ है, वह मैं समझ रही हूँ, लेकिन उसके लिए एक कीमत भी होती है और खुफिया जगह भी। खुफिया से मेरा मतलब है जहाँ बात परदे में ही रहे, न आप बदनाम हो न मैं।"

"जगह है मेरे पास।" राघव मस्ती से भर कर झट से बोला, "मैं यहाँ अपने कमरे में अकेला रहता हूँ। आप खुश हो जाएँ, उसकी कीमत भी मैं आपको दे दूँगा।"

अप्सरा खिलखिलाकर हँस पड़ी, "बहुत उतावले हैं आप राघवजी। लेकिन कीमत मैं बिस्तर पर आने की ही नहीं, आपसे रोमाँटिक बातें करने की भी लूँगी।"

पुलिस ने यहाँ न्यूड चैटिंग का धंधा करने वाले रविंदर, उसके साथी विवेक और पूजा सक्सेना को गिरफ्तार कर लिया गया। अंदर के रूम में 5 युवतियां भी थीं, जो रविंदर के इस न्यूड चैटिंग धंधे में मजबूरी से शामिल हुई थीं।

"कितना कीमत लेंगी आप?" राघव ने पूछा।

"बात करने की कीमत 15 मिनट के लिए केवल 250 रुपए। अगर मंजूर हो तो वीडियो कॉल ऑन कर सकते हैं।"

राघव चड्ढा ने खुशी से कहा, "आपसे आमने-सामने रोमाँटिक बात करने के लिए यह कीमत कुछ नहीं है अप्सराजी।"

"तो आप एक हजार रुपए मेरे अकाउंट में डाल दीजिए, फिर मैं एक घंटे के लिए आपको अपने रेशमी जिस्म के वह गोपनीय हिस्से दिखाऊँगी, जो एक कुँवारे व्यक्ति ने केवल ब्लू फिल्म में ही देखे होते हैं।"

"अरे वाह! यह तो बहुत रोमांचकारी होने वाला है अप्सराजी। आप अपना अकाउंट नंबर बता दीजिए, मेरे दिल की धड़कनें बढ़ती जा रही हैं।"

अप्सरा ने तुरंत अपना अकाउंट नंबर राघव के मोबाइल पर वाट्सऐप कर दिया। राघव ने पेटीएम से एक हजार रुपए उस अकाउंट में डाल दिए,

अप्सरा की ओर से मुसकरा कर कहा गया, "अब आप अपनी ओर से मुझ से वीडियो कॉलिंग कर सकते हैं। अप्सरा से बात करने के बाद राघव की खोपड़ी भन्ना गई। वह अप्सरा से बोला, "यार, मैं पहली बार सुन रहा हूँ पुरुष का दिल बहलाने के लिए भी लड़कियां जॉब करती हैं।"

"यह हकीकत है राघव।" अप्सरा का स्वर गंभीर हो गया, "हमारी मजबूरी कुछ भी करा लेती है राघव। लेकिन मैंने तुमसे एक घंटे के लिए जो रुपए लिए हैं, वह मेरे पर्स में नहीं आएँगे। मैं ड्यूटी पर हूँ, यह रुपए मालिक की पॉकेट में जाएँगे। हाँ, अगर तुम अपने दिल से मुझे रात को अपने पास बुलाओगे तो वह मेरी अपनी कमाई होगी।"

राघव कुछ क्षण सोचा फिर बोला, "तुम शाम को फोन करना अप्सरा। अब तो तुम से मिलना बहुत जरूरी हो गया है। बाय...." कहने के बाद राघव ने कॉल डिसकनेक्ट कर दी।

वह अजीब सी उथल-पुथल मन में लिए पलंग पर लेट गया। दुनिया में क्या-क्या खेल हो रहे हैं, जान लेने के बाद वह गहरी सोच में डूब गया था।

उसे कब नींद आ गई। वह जान ही नहीं पाया।

***

उत्तर प्रदेश के महानगर गाजियाबाद के थाना शालीमार गार्डन में 5 जुलाई, 2024 को शाम के समय एक महिला घबराई हुई आई। महिला की उम्र 25-26 साल के आसपास की होगी। देखने में वह खूबसूरत थी। उसका रंग गेहुआं था। साधारण साड़ी ब्लाउज में वह मध्यम परिवार से लग रही थी। उसके साथ एक व्यक्ति भी था। वह शर्ट पतलून पहने हुए था। दाढ़ी के बाल सफेद थे, सिर में भी हलकी सफेदी झलक रही थी। यह व्यक्ति 32 वर्ष के करीब होगा। पांव में उसने रबड़ की चप्पलें पहन रखी थीं।

हैड कांस्टेबल मलखान सिंह उस समय बाहर ही बैठा था। उससे उस महिला के साथ आए व्यक्ति ने झिझकते हुए कहा, "हमें एक शिकायत करनी है। साहब कहाँ बैठते हैं?"

"आज एसएचओ साहब नहीं आए हैं। सामने के रूम में एसआई जितेंद्र सिंह मौजूद हैं, तुम उनसे मिल लो।" हेडकांस्टेबल मलखान सिंह ने सामने का कमरा दिखाते हुए कहा।

दोनों उस रूम की तरफ बढ़ने लगे तो हेडकांस्टेबल मलखान सिंह यह जानने के लिए कि मामला क्या है, दोनों के पीछे एसआई जितेंद्र सिंह के कमरे में पहुँच गया।

एसआई जितेंद्र सिंह महिला और साथ में आए व्यक्ति की ओर देख कर पूछ रहे थे, "क्या हुआ है, तुम इतनी घबराई हुई क्यों हो?"

"मेरी जान को खतरा है साहब, वे लोग मुझे जान से मार डालने की धमकी दे रहे हैं।" महिला थरथराते लहजे में बोली।

"कौन लोग? किससे तुम्हारी जान को खतरा है?" एसआई सिंह हैरान होकर बोले।

"वे बहुत खतरनाक लोग हैं साहब।" महिला डरी आवाज मे बोली, "तेजाब से मेरा चेहरा बिगाड़ने की धमकी दे रहे हैं।" मामला गंभीर लग रहा था। एसआई सिंह ने हेडकांस्टेबल मलखान को आँखों से इशारा किया। मलखान सिंह ने दोनों के करीब आकर कहा, "तुम दोनों बैंच पर बैठो। यह पुलिस थाना है, यहाँ डरने की कोई बात नहीं है। बैठो, मैं तुम्हारे लिए पानी लाता हूँ।"

रविंदर निकिता को अपने ऑफिस में ले गया। ऑफिस में उस समय शानदार कुर्सियों पर एक युवा लड़की और एक युवक बैठे हुए थे। अंदर दूसरे रूम में 4-5 युवतियां भी थीं, जो कानों पर हेडफोन लगाए किसी से बातें करती नजर आ रही थीं।

दोनों बैंच पर बैठ गए। हेडकांस्टेबल दोनों के लिए पानी ले आया। पानी पी लेने के बाद महिला थोड़ा नॉर्मल हुई।

"क्या नाम है तुम्हारा?" एसआई जितेंद्र सिंह ने पूछा।

"मेरा नाम निकिता है, यह मेरे पति हैं, इनका नाम जितेंद्र यादव है।"

"कहाँ पर रहते हो जितेंद्र?"

"जी, राजनगर एक्सटेंशन, नंदग्राम नगर (गाजियाबाद) का निवासी हूँ मैं। एक दुकान पर नौकरी करता हूँ।" जितेंद्र यादव ने बताया।

"तुम्हारी पत्नी निकिता को किससे जान का खतरा है?"

"यह खतरा इसने खुद मोल लिया है साहब।" जितेंद्र के स्वर में अब खीझ थी, "अच्छा-भला घर के काम संभाल रही थी। मैं इतना कमा लाता हूँ कि इसे घर से बाहर कदम निकालने की जरूरत ही न पड़े। लेकिन नहीं, 2 अक्षर क्या पढ़ लिख गई, नौकरी करने का भूत सिर पर सवार हो गया। और मुसीबत मोल ले के आई अपनी जान को।"

"तुम कहाँ गई थी नौकरी करने के लिए? मुझे पूरी बात बताओ, वे कौन लोग हैं जो तुम्हारी जान लेना चाहते हैं और तुम्हारे मुँह पर तेजाब डालने की धमकी दे रहे हैं।" एसआई सिंह का स्वर गंभीर हो गया था।

निकिता अपने साथ घटी घटना का पूरा ब्यौरा चलचित्र की भांति सुनाने लगी।

"सर, मैं इंटरमीडिएट तक पढ़ी हूँ, पति की कमाई से मैं संतुष्ट नहीं थी। कारण, इतनी महँगाई में कम तनख्वाह में गुजारा तो हो रहा था, किंतु भविष्य के लिए कुछ बचता नहीं था। बहुत सोच-विचार करके मैंने अपना रिज्यूम 'जॉब है' एप्लीकेशन पर डाल दिया।

"पहली जुलाई 2024 को मुझे मेरे मोबाइल पर एक कॉल आई। 'हैलो निकिता, आप ने जॉब है ऐप पर अपना रिज्यूम डाला है, क्या आप अच्छी नौकरी करना चाहती हैं?"

"हाँ सर, लेकिन पहले यह बताइए आप कौन हैं?"

"मैं एक फाइनैंस कंपनी का एमडी रविंदर कुमार हूँ। मेरी कंपनी में आपके लिए फाइनैंस एडवाइजर का पद खाली है, आपको यह जॉब मैं दे सकता हूँ।"

"मैंने केवल इंटर किया है सर, मेरी इंगलिश भी कमजोर है। मैं यह जॉब कैसे कर पाऊँगी।" निकिता ने सच्चाई बयां करते हुए कहा, "आप की कंपनी में कोई दूसरा काम हो तो बताइए।"

"आप तो डर रही हैं, भाई मेरे यहाँ सारा काम हिंदी में ही होता है। हम भारतीय हैं निकिताजी, अंगरेज नहीं। फिर क्यों अंगरेजी की टांग अपने काम में घसीटें, आप बेफिक्र रहिए। आप फाइनैंस एडवाइजर का काम बखूबी कर लेंगी। मैं सैलरी भी 30 हजार से ऊपर दूंगा आपको।"

"30 हजार...." निकिता खुशी से उछल पड़ी, "बताइए रविंदरजी, मैं कब से यह जॉब ज्वाइन करूँ?"

"आज पहली जुलाई है, मैं कंपनी के काम से कोलकाता जा रहा हूँ। 2 दिन का टूर है मेरा। मैं आज रात को फ्लाइट पकडूँगा और 3 जुलाई को फ्लाइट से वापस आ जाऊँगा। आप 4 जुलाई को मुझ से मिल कर अपना जॉइनिंग लेटर ले लेना। उसी दिन से आप की सैलरी शुरू हो जाएगी।"

"धन्यवाद सर," निकिता अपनी खुशी छिपाने की कोशिश करती हुई बोली, "मुझे कहाँ आना होगा सर?"

"आप सुबह 10 बजे मुझे डीएलएफ के पास बस स्टाप पर मिलना, मैं आपको अपने ऑफिस ले जाने के लिए खुद वहाँ आ जाऊँगा। याद रहेगा न- 4 जुलाई 10 बजे।"

"याद रहेगा सर। मैं ठीक समय पर आपको मिल जाऊँगी।" निकिता ने कहा। दूसरी ओर से फोन कट गया तब निकिता खुशी से पूरे घर में नाचती रही। शाम को उसका पति जितेंद्र काम से लौटा तो निकिता ने उसके गले में प्यार से हाथ डाल कर चहकते हुए कहा, "आप मुझे मना करते रहे, देख लो मुझे एक फाइनैंस कंपनी में फाइनैंस एडवाइजर की शानदार जॉब मिल गई है। सैलरी जानते हो कितनी मिलेगी? पूरे 30 हजार रुपए।"

"30 हजारऽऽ" जितेंद्र हैरत से बोला, "अब हमारी गरीबी दूर हो जाएगी निकिता।"

"जी हाँ," निकिता मुसकराई, "एक महीने की सैलरी मुझे मिल जाएगी तो तुम काम छोड़ देना, घर संभालना। मैं कमा कर लाऊँगी, तुम्हें घर संभालना होगा।"

"उड़ो मत निकिता, हम दोनों कमाएँगे। दोनों मिल कर घर को संभाल लेंगे। चलो, अब अपने हाथ से गरमागरम चाय बना कर पिलाओ मुझे।" जितेंद्र ने कहा और हाथ-मुँह धोने बाथरूम में चला गया।

निकिता 3 दिन बाद 4 जुलाई को सज-संवर कर ठीक 10 बजे डीएलएफ के बस स्टाप पर पहुँच गई। थोड़ी ही देर में एक सांवले रंग का युवक बाइक पर वहाँ आ गया।

"निकिता?" उसने अपने चेहरे से सुनहरी फ्रेम का चश्मा उतारते हुए निकिता की ओर देखा।

"जी हाँ, मैं निकिता हूँ।" निकिता उस युवक की ओर बढ़ते हुए मुसकरा कर बोली, "आप ही रविंदर हैं?"

युवक ने सिर हिलाया। निकिता ने दोनों हाथ जोड़ कर रविंदर को नमस्ते की। रविंदर ने उसे बाइक पर बैठने का इशारा किया तो वह उचक कर बैठ गई। रविंदर उसे राजेंद्र नगर लेकर गया।

यहाँ 11/186, सेक्टर-3 के फर्स्ट फ्लोर पर उसका ऑफिस था। ऑफिस में उस समय शानदार कुरसियों पर एक युवा लड़की और एक युवक बैठे हुए थे। अंदर दूसरे रूम में 4-5 युवतियां भी थीं, जो कानों पर हेडफोन लगाए किसी से बातें करती नजर आ रही थीं।

> निकिता समझ गई थी, वह गलत लोगों के जाल में फँस गई है। वह धम्म से कुरसी पर बैठ गई और गहरी-गहरी सांसें लेने लगी। थोड़ी देर बाद वह संयत होकर बोली, "मैं यह काम करूँगी रविंदर, लेकिन आज से नहीं। मैं बहुत नर्वस हो गई हूँ, मैं कल 10 बजे यहाँ फ्री माइंड होकर आ जाऊँगी।"

"बैठो निकिता।" रविंदर ने उसके लिए एक कुरसी बढ़ाई तो निकिता सकुचाती हुई बैठ गई।

"यह है तुम्हारा ऑफिस। तुम्हें यहाँ बैठ कर काम करना है," रविंदर ने मुसकरा कर कहा, "मैं तुम्हें पूरे 30 हजार रुपए दूँगा, लेकिन तुम एक महीना ठीक काम कर पाओ, इसकी मुझे गारंटी चाहिए।"

"मैं पूरी लगन से काम करूँगी सर, इतनी अच्छी नौकरी को मैं नहीं छोड़ने वाली।" निकिता ने दृढ़ स्वर में अपनी बात कही।

"फिर भी मुझे विश्वास करने के लिए 25 हजार रुपए तुम से चाहिए। ये रुपए तुम्हारे मेरे पास जमा रहेंगे, मुझे जब विश्वास हो जाएगा कि तुम अब काम नहीं छोड़ोगी तो मैं 25 हजार रुपए वापस कर दूँगा।"

"25 हजार?" निकिता कुछ क्षण के लिए गहरी सोच में डूब गई। फिर सामान्य होकर बोली, "मेरे पास 25 हजार रुपए हैं, लेकिन मैं पेटीएम कर सकती हूँ सर।"

"ठीक है।" रविंदर खुश होकर बोला। उसने अपना क्यूआर कोड दिखा दिया।

निकिता ने अपने मोबाइल से 25 हजार रुपए रविंदर को पेटीएम कर दिए। संतुष्ट होने के बाद रविंदर अपनी कुरसी को सरका कर उसके करीब आ गया।

"अब अपना काम समझ लो निकिता, यहाँ कोई फाइनैंस वाइनैंस का काम नहीं होता। तुम्हें यहाँ बैठ कर युवकों से न्यूड चैटिंग करनी होगी, न्यूड चैटिंग।"

निकिता चौंक कर बोली, "यह तो अच्छा काम नहीं है सर, मैं यह नहीं कर सकती।"

"पूरी बात सुन लो।" रविंदर बेशरमी से बोला, "तुम्हें युवकों को खुश करने के लिए वीडियो कॉलिंग पर अपने इस खूबसूरत जिस्म को नंगा भी करना पड़ेगा। युवकों से 10 मिनट की चैटिंग के बदले 200 रुपए लोगी तुम।"

"नहीं, मैं यह काम हरगिज नहीं करूँगी।" निकिता गुस्से से अपनी जगह पर खड़ी हो गई।

वहाँ बैठी युवती जिसका नाम पूजा था, वह उठकर उसके पास आ खड़ी हुई, "देखो निकिता, तुम प्यार से इस काम को करने की हाँ कर दो, नहीं तो तुम्हारी हाँ करवाने के दूसरे रास्ते भी हैं हमारे पास।" "क्या करोगी तुम?" निकिता गुस्से से चीखी, "मैं यह गलीज काम नहीं करूँगी।"

"तेरा तो बाप भी करेगा।" वहाँ बैठा विवेक नाम का युवक तमतमा कर अपनी कुरसी से उठा, "मना करेगी तो यहीं तुझे नंगा करके अश्लील वीडियो बना लूँगा और तेरे पति को भेज दूँगा।"

"नहीं," निकिता भय से चीखी, "तुम ऐसा नहीं करोगे। रविंदर उसे समझाओ, यह क्या बकवास कर रहा है।"

"यह सब कुछ करेगा निकिता। तुम्हें काम के लिए राजी करवाने के लिए यह हर हथकंडा अपनाएगा। मना करके यहाँ से चली भी गई तो तुम्हारा यह खूबसूरत थोबड़ा, जिस पर तुम्हें नाज है, यह तेजाब से बिगाड़ देगा। यह तुम्हें कत्ल भी करने की हिम्मत रखता है।" रविंदर बेशरमी से बोला, "तुम चुपचाप हाँ कर दोगी तो यह शांत बैठ जाएगा।"

निकिता समझ गई थी, वह गलत लोगों के जाल में फँस गई है। वह धम्म से कुरसी पर बैठ गई और गहरी गहरी सांसें लेने लगी। थोड़ी देर बाद वह संयत होकर बोली, "मैं यह काम करूँगी रविंदर, लेकिन आज से नहीं। मैं बहुत नर्वस हो गई हूँ, मैं कल 10 बजे यहाँ फ्री माइंड होकर आ जाऊँगी। प्लीज रविंदर, मेरा विश्वास करो, मुझे एक दिन का समय दे दो, खुद को इस काम के लिए तैयार होने के लिए।"

"ठीक है, आज तुम जाओ। लेकिन कल ठीक 10 बजे यहाँ आ जाना। नहीं आई तो विवेक तेजाब लेकर तुम्हारे घर पहुँच जाएगा।" रविंदर ने धमकी देते हुए कहा, "कल 10 बजे मैं तुम्हें यहाँ देखना चाहता हूँ।"

"मैं आऊँगी रविंदर सर।" निकिता जल्दी से बोली, "मैं अपना चेहरा खराब नहीं करवाना चाहती।"

"जाओ।" रविंदर ने जैसे ही कहा मैं सिर पर पांव रख कर भागी। गिरते-पड़ते मैं किसी तरह घर पहुँची। शाम को मेरे पति काम से लौटे तो मैंने इन्हें सारी बात बताई। वे घबरा गए। हम दोनों रात के अंधेरे में घर छोड़ कर गाँव भाग गए।

"एक सप्ताह से हम वहाँ छिप कर रह रहे थे, लेकिन हमने सोचा ऐसे कब तक छिपेंगे। पति का काम भी छूट जाएगा। हिम्मत करके आज हम थाने में अपनी शिकायत लिखवाने आए हैं, सर! आप हमारी रिपोर्ट लिख कर उस बदमाश को गिरफ्तार कर लीजिए।"

"तुम अब हमारी सुरक्षा में हो, हम आज रात को ही रविंदर और उसके सहयोगियों को गिरफ्तार कर लेंगे।" एसआई जितेंद्र सिंह ने कहते हुए पास में खड़े हेडकांस्टेबल मलखान की ओर देखा, "मलखान, तुम इन से लिखित शिकायत लेकर एफआईआर दर्ज कर लो, मैं एसीपी साहब से बात करता हूँ।"

एसआई जितेंद्र सिंह ने डीसीपी सिद्धार्थ गौतम को फोन पर सारा मामला बता दिया। डीसीपी ने एसीपी सिद्धार्थ गौतम के नेतृत्व में एक टीम का गठन कर दिया। दूसरे दिन 5 जुलाई को राजेंद्र नगर के फ्लैट 1/186 की फर्स्ट फ्लोर पर दबिश दी।

"ठीक है सर।" हेड कांस्टेबल ने सिर हिलाया और निकिता तथा जितेंद्र को लेकर रिसैप्शन रूम में आ गया।

निकिता से लिखित शिकायती पत्र लेकर उसे भारतीय न्याय संहिता (बीएनयेस) की धारा 56, 79, 351 (3), 352 के अंतर्गत एफआईआर दर्ज कर ली। एसआई जितेंद्र सिंह ने डीसीपी सिद्धार्थ गौतम को फोन पर सारा मामला बता दिया। डीसीपी ने एसीपी सिद्धार्थ गौतम के नेतृत्व में एक टीम का गठन कर दिया।

इस टीम ने दूसरे दिन 5 जुलाई को निकिता के द्वारा बताए गए सेक्टर-3, राजेंद्र नगर के फ्लैट 1/186 की फर्स्ट फ्लोर पर दबिश दी। पुलिस ने यहाँ न्यूड चैटिंग का धंधा करने वाले रविंदर, उसके साथी विवेक और पूजा सक्सेना को गिरफ्तार कर लिया गया।

अंदर के रूम में 5 युवतियां भी थीं, जो रविंदर के इस न्यूड चैटिंग धंधे में मजबूरी से शामिल हुई थीं। वे वहाँ से मोबाइल द्वारा विडियो कॉल पर युवकों से अश्लील बातें करती थीं, उन्हें उन युवकों को ज्यादा वक्त तक बातों में उलझाने के लिए अपने तन को निर्वस्त्र करने में भी संकोच नहीं होता था। जितना वक्त वह युवकों को बातों में उलझाती थी, उतनी ही कमाई होती थी।

युवकों से दस मिनट अश्लील चैटिंग करने को 200-250 रुपया वसूला जाता था।

इस न्यूड चैटिंग गिरोह का सरगना रविंदर कुमार, राजबाग, साहिबाबाद का निवासी है। अपनी एक महिला मित्र के कहने पर उसने अश्लील न्यूड चैटिंग का काम शुरू किया था।

वह जॉब एप्लीकेशन वेबसाइट से मैरिड, अनमैरिड युवतियों, औरतों के रिज्यूम लेता था। फिर उन युवतियों को फाइनैंस एडवाइजर या लोन एजेंट की जॉब के लिए अच्छी सैलरी का लालच देकर अपने ऑफिस में बुलाता था। बाद में उन्हें धमका कर या लालच देकर युवकों से न्यूड होकर चैटिंग करने के काम पर लगा लेता था।

उन युवतियों ने बताया कि वह ऐसा करने के लिए उन्हें डराया धमकाया गया था। मजबूरी में वह यह गलत काम कर रही थीं।

इन पर भारतीय न्याय संहिता की धारा 56, 79, 351 (3), 352 लगाई गई। सभी को सक्षम न्यायालय में पेश करके रविंदर, विवेक और पूजा सक्सेना को जेल भेज दिया गया। शेष 5 युवतियों को चेतावनी देकर उनके परिजनों के सुपुर्द कर दिया गया।

रविंदर पहले वाहन इंश्योरेंस और एआरटीओ कार्यालय से लाइसेंस व अन्य कागजात बनाने का काम करता रहा है। उसने यह न्यूड चैटिंग का धंधा करने के लिए डीएलएफ राजेंद्र नगर का वह फ्लैट 16,500 में किराए पर ले रखा था। कथा लिखने तक पुलिस उसके खिलाफ सबूत जुटाने का काम कर रही थी, ताकि उसे सख्त सजा दिलाई जा सके।

▣

फ़्रॉड करने वाले बैंक अधिकारियों की

'स्पेशल 9' गैंग

❑ वेणीशंकर पटेल 'ब्रज'

फिल्म 'स्पैशल 26' की तर्ज पर जबलपुर के बैंक अधिकारियों ने 'स्पैशल 9' गैंग बनाई। गैंग के सदस्यों का काम फर्जी रजिस्ट्रियों के जरिए बैंकों से लाखों रुपए का लोन लेना होता था। आप भी जानिए कि इस गैंग ने फर्जी रजिस्ट्रियां कैसे तैयार कीं और उनके जरिए बैंकों को करोड़ों का चूना कैसे लगाया?

जाली

गैंग के सदस्य, "देखिए, आपके नाम से हिंदूजा बैंक में 20 लाख रुपए का लोन लिया गया है, जिसकी एक भी किस्त आपके द्वारा नहीं भरी गई है। अगर आप किस्त जमा नहीं करेंगे तो आपका यह प्लॉट बैंक बंधक रख लेगी।" बैंक कर्मचारी ने कहा।

सुमित ने बैंक कर्मचारियों को समझाने की लाख कोशिश की, मगर वह सुमित की बात पर भरोसा करने को तैयार नहीं थे। दूसरे दिन सुमित ने हिंदुजा बैंक जाकर बैंक अधिकारियों से मुलाकात की तो बैंक अधिकारियों ने उसे लोन के सारे कागजात दिखा दिए। सुमित यह देख कर दंग रह गया कि उसके नाम के कागजात जमा करके किसी ने लोन ले लिया था।

मध्य प्रदेश के शहर जबलपुर के गढ़ा फाटक इलाके में रहने वाले सुमित कॉले ने इस मामले की शिकायत स्थानीय पुलिस और वरिष्ठ अधिकारियों से की, मगर उसे आश्वासन के अलावा कुछ नहीं मिला।

सुमित ने किसी से सुना था कि स्पेशल टास्क फोर्स (एसटीएफ) को जटिल से जटिल मामलों को सुलझाने में महारथ हासिल है। इसलिए सुमित ने 10 अगस्त, 2024 को एसटीएफ का दरवाजा खटखटाया।

सुमित अपनी लिखित शिकायत लेकर एसटीएफ के जबलपुर ऑफिस पहुँचा और एक कमरे के बाहर लगी हुई नेम प्लेट को उसने ध्यान से पढ़ा। नेम प्लेट पर संतोष तिवारी, डीएसपी, एसटीएफ पढ़ कर उसने बाहर बैठे अर्दली को बताया कि वह डीएसपी सर से मिलना चाहता है।

अर्दली ने डीएसपी संतोष तिवारी को जाकर बताया, “सर, एक युवक किसी काम से आपसे मिलना चाहता है।”

उन्होंने परमिशन देते हुए उसे अंदर भेजने को कह दिया।

अंदर की आवाज सुमित को साफ सुनाई दे रही थी। अर्दली बाहर आकर उससे कुछ कहता, इसके पहले ही सुमित डीएसपी के केबिन में दाखिल हो गया। सुमित ने उन्हें एक लिखित शिकायत देते हुए कहा, “सर, मेरा नाम सुमित कॉले है। मैं एक बिल्डर की कंस्ट्रक्शन साइट पर काम करता हूँ। किसी ने मेरे प्लॉट की फर्जी रजिस्ट्री बैंक में देकर मेरे नाम से लोन लिया है।”

“लेकिन यह कैसे संभव है, बैंक में रजिस्ट्री के अलावा दूसरे कागजात भी तो लिए जाते हैं।” डीएसपी संतोष तिवारी बोले।

“सर, यही तो मेरी समझ में नहीं आ रहा कि मेरे नाम के फर्जी आधार कार्ड, पैन कार्ड बना कर हिंदुजा बैंक में किसी और को सुमित कॉले बना कर खड़ा कर एक प्लॉट की रजिस्ट्री जमा कर कैसे लाखों रुपए का लोन लिया गया है,” सुमित बोला।

जालसाजी में क्यों शामिल हुए बैंक अधिकारी

सुमित ने डीएसपी संतोष तिवारी को बताया कि उसने कुछ महीने पहले एक बैंक कर्मचारी को लोन के लिए रजिस्ट्री की फोटोकॉपी दी थी, लेकिन उसने लोन नहीं लिया था।

सुमित की शिकायत को गंभीरता से लेते हुए डीएसपी संतोष तिवारी ने सुमित को जाँच करने का भरोसा दिलाया। डीएसपी ने इस पूरे मामले की

जाँच का जिम्मा इंस्पेक्टर निकिता शुक्ला को सौंपा। उन्होंने जाँच के लिए एसटीएफ टीम को हिंदुजा बैंक भेजा।

> लकी उर्फ लखन प्रजापति द्वारा फर्जी रजिस्ट्री तैयार करने के बाद उसमें रजिस्ट्रार, सब रजिस्ट्रार के सील, साइन करवाने की जिम्मेदारी अनवर उर्फ अन्नू निभाता था। जबलपुर के मोती नाला में रहने वाला 49 साल का अनवर पिछले 15 सालों से जबलपुर कलेक्ट्रेट में काम कर रहा है।

एसटीएफ टीम ने बैंक पहुँच कर सुमित के लोन पेपर खंगाले तो बैंक में भी हड़कंप मच गया। एसटीएफ टीम ने लोन के लिए जमा रजिस्ट्री को जब्त कर रजिस्ट्री कार्यालय से सत्यापन करवाया तो चौंकाने वाला खुलासा हुआ।

रजिस्ट्री ऑफिस के कर्मचारियों ने बताया कि जमीन की रजिस्ट्री तो सुमित कॉले की है, लेकिन उस पर फोटो किसी और की लगी थी। पुलिस टीम ने रजिस्ट्री पेपर पर लगी फोटो की तहकीकात की तो जाँच में पता चला कि यह फोटो किसी विकास तिवारी की है।

एसटीएफ को अब यह समझने में जरा भी देर नहीं लगी कि यह काम फर्जी रजिस्ट्री के नाम पर बैंक से लोन लेने वाले किसी गिरोह का है।

एसटीएफ ने सबसे पहले विकास तिवारी को हिरासत में लिया और जब उससे सख्ती से पूछताछ की तो पूछताछ में विकास ने अपने गिरोह के सभी सदस्यों के नामों को उजागर कर दिया।

उसने एसटीएफ को बताया कि इस काम में 9 लोगों की पूरी एक गैंग का हाथ है। इस 'स्पैशल 9' गैंग को एक्सिस बैंक का पूर्व मैनेजर अनुभव दुबे और संदीप चौबे लीड करते थे। दोनों ही बैंक के अधिकारी हैं।

एसटीएफ के एसपी राजेश सिंह भदौरिया के निर्देश पर डीएसपी संतोष तिवारी और इन्स्पेक्टर निकिता शुक्ला ने जब इस केस से जुड़े लोगों से पूछताछ की तो पता चला कि बैंक में फर्जी रजिस्ट्री जमा कर लोन लेने वाला यह बड़ा गिरोह है, जिसके तार न सिर्फ मध्य प्रदेश बल्कि अन्य राज्यों से भी जुड़े हुए हैं।

गैंग ने अभी तक लोन के नाम पर करीब 6 करोड़ रुपए शहर के अलग-अलग बैंकों से ठगे हैं। गिरोह के सदस्यों ने इतनी चालाकी से काम किया कि न तो बैंक अधिकारियों को जानकारी लगी और न ही उस व्यक्ति को, जिस के नाम की फर्जी रजिस्ट्री लगा कर लोन लिया गया।

इस मामले में एसटीएफ में बीएनयेस धारा के तहत अपराध दर्ज किया गया। एसटीएफ ने 22 अगस्त को सभी 9 आरोपियों को गिरफ्तार कर लिया और प्रेस कॉन्फ्रेंस में मामले का खुलासा किया।

'स्पैशल 9' गैंग के लोग बेहद शातिर थे और इस काम के लिए ऐसे निजी बैंकों का चुनाव करते थे, जिनमें ऑनलाइन केवाईसी नहीं होती है। जबलपुर के तिलहरी इलाके में रहने वाला 27 साल का अनुभव दुबे और अनमोल सिटी निवासी 34 साल का संदीप चौबे स्पैशल 9 गैंग के लीडर थे।

दोनों ही बैंक में अधिकारी थे और अधिकारी होने की वजह से दोनों जानते थे कि राष्ट्रीयकृत बैंकों में केवाईसी कराने में बहुत परेशानी होती है, इसलिए उन बैंकों को चुना जाए, जहाँ ई-केवाईसी नहीं होती है।

प्राइवेट बैंकों को ही क्यों बनाया निशाना

एसटीएफ की जाँच में पता चला है कि इस शातिर गैंग के सदस्यों द्वारा अभी तक एक्सिस बैंक से करीब 50 लाख रुपए, हिंदुजा बैंक से करीब 3 करोड़ रुपए, जना बैंक से करीब एक करोड़ रुपए और ग्रामीण सहकारी बैंक से करीब 50 लाख रुपए का लोन फर्जी रजिस्ट्री लगा कर लिया गया है।

जिस तरह तेलगी ने नकली स्टांप छाप कर करोड़ों रुपए का घोटाला किया था, ठीक उसी तर्ज पर इस गैंग ने फर्जी रजिस्ट्री बना कर करोड़ों रुपए का गोलमाल कर बैंकों को चूना लगाया है और भोले-भाले लोगों के नाम पर लोन लेकर उनको मुसीबत में डाल दिया है।

एसटीएफ इंस्पेक्टर निकिता शुक्ला और उनकी टीम ने काफी मशक्कत कर इस गैंग से जुड़े लोगों को हिरासत में लेकर पूछताछ की तो कई चौंकाने वाले खुलासे हुए, 'स्पैशल 9' गैंग का एक सदस्य 41 साल का प्रवीण पांडे जबलपुर के वीएफजे एस्टेट का रहने वाला है, जो लोन पास होने के बाद अकाउंट होल्डर बनता था। वह अलग-अलग नामों से बैंकों में अकाउंट खुलवाता था।

प्रवीण ने कभी शेख सलीम तो कभी प्रवीण कॉले बनकर शहर के एक नहीं बल्कि कई बैंकों में अपने खाते खुलवाए और दूसरे साथियों की मदद से फिर फर्जी रजिस्ट्री जमा कर लोन हासिल कर लिया। जबलपुर के एक्सिस बैंक में अनुभव दुबे और हिंदुजा बैंक में संदीप चौबे की मदद से प्रवीण द्वारा अलग-अलग नाम की फर्जी रजिस्ट्री लगा कर लाखों रुपए के लोन लिए गए।

गिरोह का एक और सदस्य 31 साल का पुनीत उर्फ राहुल पांडे है, जो टीआईटी बिल्डिंग, पुलिस लाइन का निवासी है और जबलपुर के माढोताल इलाके में स्थित जना बैंक का कर्मचारी है। इसकी मदद से प्रवीण ने जना बैंक में भी 6 फर्जी रजिस्ट्री पेपर लगा कर करीब एक करोड़ रुपए का लोन ले लिया।

इसके अलावा प्रवीण ने एक्सिस बैंक, जना बैंक, हिंदुजा बैंक, इंडिया शेल्टर हाउसिंग फाइनैंस से भी अच्छा खासा लोन लिया था।

एसटीएफ की जाँच में इस बात की पुष्टि हुई है कि 'स्पैशल 9' गैंग ने अभी तक करीब 6 करोड़ का लोन लेकर फ्राड किया है। जाँच में एसटीएफ को और भी लोगों के शामिल होने की जानकारी मिली है, जिसकी जाँच अभी चल रही है।

कैसे तैयार करते थे फर्जी रजिस्ट्री

गोकुलपुर का रहने वाला 30 साल का विकास तिवारी लोगों से लोन के लिए संपर्क करता था और लोन चाहने वालों से उनकी रजिस्ट्री की फोटोकॉपी ले लिया करता था।

इसके बाद अनुभव, पुनीत और संदीप रजिस्ट्री को चेक करने के बाद लालमाटी इलाके में फोटोकॉपी की दुकान चलाने वाले 34 साल के लकी उर्फ लखन प्रजापति की दुकान में लेकर जाते थे, जहाँ पर लकी द्वारा फर्जी रजिस्ट्री तैयार की जाती थी। लकी इस काम में इतना माहिर था कि रजिस्ट्री में लगाए गए स्टांप भी कलर फोटोकॉपी मशीन से ऐसे तैयार कर देता था कि वे असली लगते थे।

फर्जी रजिस्ट्री तैयार होने के बाद उसमें रजिस्ट्रार, सब रजिस्ट्रार के सील, साइन करवाने की जिम्मेदारी अनवर उर्फ अन्नू निभाता था। जबलपुर के मोती नाला में रहने वाला 49 साल का अनवर पिछले 15 सालों से जबलपुर कलेक्ट्रेट में काम कर रहा है। वह अच्छे से जानता था कि रजिस्ट्री में कितने का स्टांप लगता है और किस पेज में कहाँ पर किस तरह की मुहर लगाई जाती है।

अनवर ने इस काम के लिए नकली मुहर भी तैयार कर रखी थी। फर्जी रजिस्ट्री तैयार होने के बाद प्रवीण का काम होता था कि वह अलग-अलग नामों से बैंकों में जाकर लोन के लिए आवेदन करे।

इस गैंग में उत्तर प्रदेश के चित्रकूट जिले के शिवपुरी मऊ निवासी 38 साल का मोहम्मद अनीस भी शामिल था। वह कुछ समय पहले से जबलपुर के अनमोल सिटी में रहने लगा था, यहीं उसकी पहचान संदीप चौबे से हुई थी।

मोहम्मद अनीस का काम होता था कि सभी लोगों से फर्जी रजिस्ट्री इकट्ठा कर अपने पास रखे और समय आने पर उस रजिस्ट्री को प्रवीण पांडे को सौंप दे।

एसटीएफ ने एक साथ गिरोह के सभी 9 सदस्यों के ठिकानों पर जब छापा मारा तो उनके यहाँ 50 से ज्यादा फर्जी रजिस्ट्री, अलग-अलग नामों के पैन और आधार कार्ड, कंप्यूटर, फोटोस्टेट मशीन, मोबाइल और कई इलेक्ट्रॉनिक उपकरण भी मौके से बरामद किए गए।

एसटीएफ के मुताबिक, ये लोग एक साथ फर्जी रजिस्ट्रियां तैयार कर रख लेते थे, फिर जरूरत के हिसाब से शहर के अलग-अलग बैंकों में लोन के लिए फाइल लगा देते थे।

कहाँ से आई बैंक अधिकारी के पास इतनी संपत्ति

2 साल पहले प्लानिंग मैनेजर के रूप में एक्सिस बैंक जॉइन करने वाला अनुभव दुबे लक्जरी लाइफ जी रहा था। अनुभव की सैलरी 35 हजार रुपए महीना होने के बावजूद शहर के सबसे पॉश इलाके नर्मदा एवेन्यू में उसने 4 फ्लैट ले रखे थे। एसटीएफ टीम को जाँच में अभी तक एक-एक करोड़ के 2 फ्लैट के दस्तावेज ही मिले हैं।

एक फ्लैट में अनुभव अपनी पत्नी के साथ रहता था, जबकि दूसरे फ्लैट में उसकी सास रह रही थी। अनुभव के ससुर की गोरखपुर में गैस एजेंसी है। अनुभव अपनी कॉली कमाई अपनी पत्नी और अन्य रिश्तेदारों के बैंक खातों में ट्रांसफर करता था। इसी पैसे से अलग-अलग नामों से उसने प्रॉपर्टी खरीदी।

अनुभव ने 2022 में जबलपुर में ही लव मैरिज की थी। इसके बाद पत्नी और सास के साथ विदेश यात्रा पर घूमने गया था। वहाँ परिवार के साथ 12 दिन तक रुका था, इसके अलावा वह 2023 में घूमने के लिए दुबई भी गया था।

वह हर 6 महीने में पत्नी और रिश्तेदारों के साथ हॉलीडे टूर पर विदेश जाता था। अनुभव और उसकी पत्नी को लग्जरी गाड़ियों का भी शौक है। अनुभव के अलावा उसकी पत्नी, सास और ससुर सभी के पास अलग-अलग लग्जरी कारें हैं।

गोरखपुर के नर्मदा एवेन्यू में रहने वाले अनुभव दुबे ने सितंबर 2023 में सफाई कर्मचारी रवि कुमार के साथ जमकर मारपीट की थी, जिसके बाद अनुभव और उसके ससुर के खिलाफ रिपोर्ट दर्ज की गई थी, तब कोर्ट से उसे जमानत मिल गई थी।

अनुभव कम समय में ज्यादा से ज्यादा पैसे कमा कर जल्द अमीर होना चाहता था, इसी वजह से उसने एक ऑनलाइन एप्लीकेशन भी तैयार कर रखी थी। इस ऐप के जरिए वह लोगों को अधिक से अधिक पैसा कमाने की ऑनलाइन ट्रिक बताया करता था। अनुभव *एमएमएम एक्स्ट्रा* कंपनी से जुड़ा था। कंपनी का स्लोगन था- *एक्स्ट्रा मनी अप 100 पर्सेंट*। गैंग में शामिल लोगों ने लोन लेने के लिए मृत लोगों को भी नहीं छोड़ा। गैंग का एक सदस्य राजेश डेहरिया लोगों को लोन दिलाने के नाम पर उनकी रजिस्ट्री अपने पास रखता था।

राजेश ने जबलपुर के अधारताल में रहने वाले प्रमोद शर्मा का फर्जी मृत्यु प्रमाण पत्र तैयार करा कर उसकी जमीन के खसरे से नाम हटाया और राजेश डेहरिया का नाम बदल कर खुद प्रमोद शर्मा का फर्जी बेटा राजेश शर्मा बन गया। इसके बाद राजेश ने प्रमोद शर्मा की जमीन का नामाँतरण भी इन दस्तावेजों के आधार पर अपने नाम करा लिया।

राजेश डेहरिया ने राजेश शर्मा के आधार कार्ड और पैन कार्ड की भी इतनी सफाई से नकल की थी कि सब चकमा खा गए। एसटीएफ भी प्रमोद शर्मा को तलाश रही थी, जिसके नाम का राजेश ने उपयोग किया और जमीन के मार्फत लोन ले लिया। आशंका यह भी जताई जा रही है कि 'स्पैशल-9' गैंग ने मिल कर प्रमोद शर्मा को गायब करवा दिया है।

राजेश डेहरिया ने कई लोगों के नाम से फर्जी विक्रय पत्र भी बनवाए हैं। उसने जनवरी 2003 में गुलाम हुसैन पिता खलील अहमद निवासी गाजी नगर, चितरंजन वार्ड, रद्दी चौकी की जमीन के कुल रकबे 0.648 हेक्टेयर में से 0.210 हेक्टेयर हिस्सा बेच दिया। जमीन के एक हिस्से को टाटा कैपिटल बैंक में गिरवी रखकर 3 करोड़ का लोन ले लिया। यह लोन कौन चुकाएगा, यह किसी को पता नहीं है।

मामले की जाँच कर रही एसटीएफ के डीएसपी संतोष तिवारी ने बताया कि 9 आरोपियों को गिरफ्तार करने के बाद 15 फर्जी रजिस्ट्रियां बरामद की गई थीं। इनकी संख्या अब बढ़ कर 60 से अधिक हो गई है। इस गोरखधंधे में पहले 4 बैंकों से फ्राड का खुलासा हुआ था, अब कुछ और बैंकों के नाम भी सामने आए हैं।

कथा लिखे जाने तक 'स्पैशल 9' गैंग के 9 आरोपियों को पुलिस ने गिरफ्तार कर कोर्ट में पेश किया, जहाँ से उन्हें जबलपुर जेल भेज दिया गया। एसटीएफ का कहना है कि फ्राड के इस गोरखधंधे में शामिल गैंग के सदस्यों की संख्या 10 से 15 हो सकती है।

कनाडा से मिला सुराग
ढाई साल बाद खुली

मर्डर मिस्ट्री

❑ सुनील वर्मा

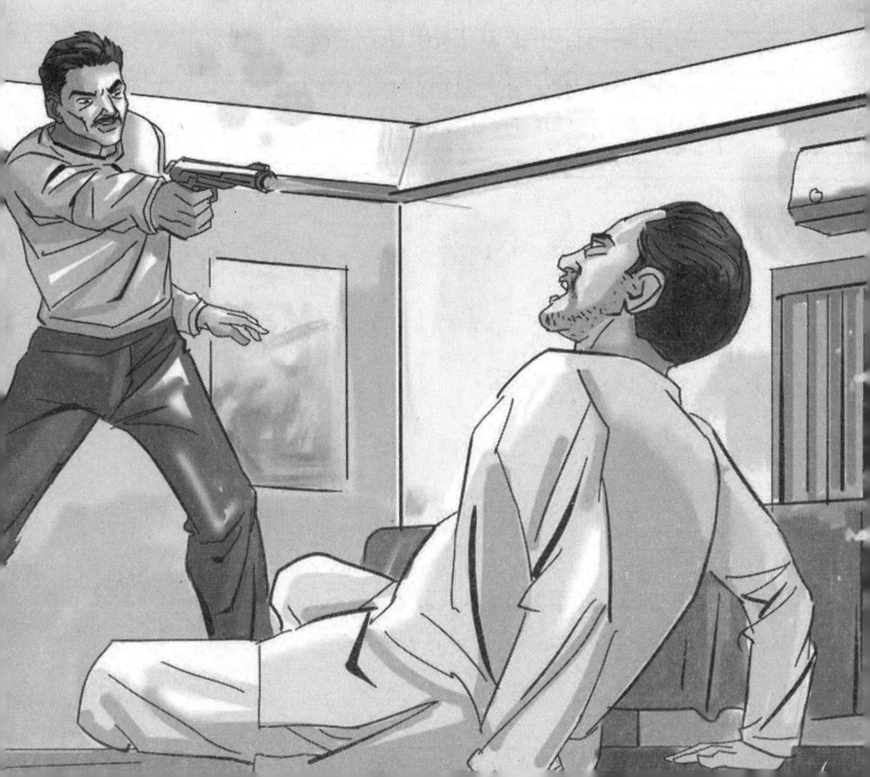

करीब ढाई साल पहले पति विनोद बराड़ा की हत्या कराने के बाद निधि ने पति के इंश्योरेंस के 50 लाख रुपए और करोड़ों की संपत्ति पर कब्जा कर लिया था, लेकिन कनाडा से मिले एक क्लू के बाद पुलिस ने जब इस केस की दोबारा जाँच की तो हत्या का ऐसा खुलासा हुआ कि पुलिस अधिकारी भी चौंक गए।

पानीपत पुलिस के एसपी अजीत सिंह शेखावत उस दिन बेहद उलझन में थे, क्योंकि, उनके पास पिछले 2 दिनों से व्हाट्सएप पर लगातार एक विदेशी फोन नंबर से मैसेज आ रहा था। मैसेज भेजने वाले ने बताया था कि सदर थाना क्षेत्र की परमहंस कुटिया कॉलोनी में ढाई साल पहले 15 दिसंबर, 2021 को विनोद बराड़ा नाम के व्यक्ति की घर में घुसकर देव वर्मा उर्फ दीपक नाम के व्यक्ति ने 2 गोलियां मार कर हत्या कर दी थी।

मैसेज भेजने वाले ने खुद को मृतक विनोद बराड़ा का भाई बताते हुए दावा किया था कि उसे शक है कि इस हत्याकांड को देव वर्मा से अंजाम दिलवाया गया है। अगर पुलिस ठीक से जाँच करे तो इस हत्याकांड के मास्टरमाइंड और कारण दोनों सामने आ सकते हैं।

व्हाट्सएप मैसेज के कारण उलझन में फँसे एसपी अजीत सिंह ने सीआईए-3 के प्रभारी इंस्पेक्टर दीपक कुमार को अपने पास बुलाया और उन्हें मैसेज दिखा कर मैसेज भेजने वाले का पता करने और विनोद बराड़ा नाम के व्यक्ति की हत्या से जुड़ी जानकारी जुटाने के काम पर लगा दिया।

2 दिन बाद इंस्पेक्टर दीपक कुमार ने बताया कि व्हाट्सएप पर आए ये मैसेज आस्ट्रेलिया के नंबर से भेजे गए थे और वह किसी प्रमोद कुमार का नंबर है। प्रमोद कुमार मृतक विनोद बराड़ा का छोटा भाई है, जो आस्ट्रेलिया में रहता है। इसके अलावा इंस्पेक्टर दीपक कुमार ने रिकॉर्ड रूम से निकलवाई गई विनोद बराड़ा हत्याकांड की फाइल भी उनके सामने रख दी।

अजीत सिंह शेखावत ने जब हत्याकांड की फाइल का अध्ययन किया तो अचानक ही इस मामले में उनकी दिलचस्पी बढ़ने लगी। क्योंकि देखने में यह एक सीधा सादा और बदला लेने के लिए हुई हत्या का केस नजर

आ रहा था। दरअसल, हुआ यूँ था कि पानीपत शहर में परमहंस कुटिया कॉलोनी में अपनी पत्नी निधि और एक बेटे व बेटी के साथ रहने वाला विनोद बराड़ा सुखदेव नगर में एक कंप्यूटर सेंटर चलाता था।

5 अक्तूबर, 2021 की शाम विनोद बराड़ा परमहंस कुटिया के गेट पर बैठा था, तभी पंजाब नंबर की एक पिकअप गाड़ी के ड्राइवर ने विनोद बराड़ा को सीधी टक्कर मार दी थी। इस एक्सीडेंट में विनोद की जान तो बच गई, लेकिन उसकी दोनों टांगे टूट गईं।

विनोद के पड़ोस में रहने वाले उसके चाचा वीरेंद्र सिंह ने सिटी थाने में आरोपी गाड़ी चालक के खिलाफ केस दर्ज करवा दिया था। पुलिस ने गाड़ी के चालक पंजाब के भटिंडा निवासी देव वर्मा उर्फ दीपक को शहर थाना पुलिस ने लापरवाही से गाड़ी चलाने के आरोप में गिरफ्तार कर उसकी गाड़ी जब्त करके उसे जेल भेज दिया था। 3 दिन बाद वाहन चालक देव वर्मा की कोर्ट से जमानत भी हो गई।

लेकिन इसके करीब 15 दिन बाद देव वर्मा परमहंस कुटिया कॉलोनी में विनोद बराड़ा के घर पहुँच गया। वह दुर्घटना के लिए माफी माँगने लगा और विनोद से कहने लगा कि उसके खिलाफ दर्ज मुकदमा वापस लेले।

लेकिन विनोद ने समझौता करने से मना कर दिया, क्योंकि उसके कारण वह अपनी टांगें तुड़वा चुका था। लेकिन ऐसा लगता था कि ऐक्सीडेंट करने वाली गाड़ी का चालक देव वर्मा कोई सनकी या पागल इंसान था, क्योंकि जाते-जाते वह विनोद बराड़ा को समझौता नहीं करने का अंजाम भुगतने की धमकी देकर चला गया।

घर में घुसा और मार दी गोली

विनोद बराड़ा ऐसे लागों को अच्छी तरह जानता था, इसलिए इस बात को वह एक पागल आदमी की बात समझ कर भूल गया। लेकिन देव वर्मा नहीं भूला। इस बात की रंजिश उसने इस हद तक पाल ली कि देव वर्मा 15 दिसंबर, 2021 को पिस्तौल लेकर विनोद के घर पर आया और अंदर घुस कर दरवाजा बंद कर कुंडी लगा ली।

यह देख किचन में काम कर रही विनोद की पत्नी शोर मचाते हुए घर के बाहर भागी और पड़ोस में रहने वाले चाचा ससुर वीरेंद्र को सहायता के लिए पुकारने लगी। एक-दो पड़ोसियों के साथ वीरेंद्र सिंह जब विनोद के घर पहुँचे तो पाया कि विनोद के कमरे की कुंडी अंदर से बंद थी।

दरवाजा खोलने की कोशिश की, लेकिन दरवाजा नहीं खुला। इसके बाद उन्होंने खिड़की से देखा तो आरोपी देव ने विनोद को बेड से नीचे गिरा कर पिस्तौल से कमर और सिर में गोली मार दी।

इसके बाद जैसे ही वह कमरे का दरवाजा खोल कर बाहर निकला तो वीरेंद्र सिंह ने अपने बेटे यश और एक पड़ोसी चंदन के साथ आरोपी देव को मौके पर ही पहले तो काबू किया, उसके बाद पड़ोसियों के साथ मिल कर जम कर पीटा। फिर पुलिस को बुलाकर उसके हवाले कर दिया था।

वीरेंद्र सिंह खून से लथपथ अपने भतीजे विनोद को अग्रसेन हॉस्पिटल लेकर गए। वहाँ डॉक्टरों ने विनोद को मृत घोषित कर दिया। पति की मौत पर वीरेंद्र की पत्नी निधि का रो-रोकर बुरा हाल था।

वीरेंद्र सिंह की शिकायत पर थाना सिटी में हत्या का मुकदमा दर्ज कर कानूनी कार्रवाई अमल में लाई गई। इस मामले में पुलिस ने हत्या के आरोप में आरोपी देव वर्मा को जेल भेज दिया। उसने अपना गुनाह कुबूल कर लिया था। कुछ महीने बाद पुलिस ने उसके खिलाफ हत्या की चार्जशीट भी अदालत में दाखिल कर दी। इस मामले में ट्रायल भी शुरू हो गया था।

वैसे तो फाइल पढ़ने से एसपी अजीत सिंह शेखावत को ये साधारण केस ही लगा था। लेकिन अचानक व्हाट्सएप पर विनोद के भाई प्रमोद के मैसेज का खयाल आते ही उनके जेहन में सवाल उठा कि देव के ऊपर दर्ज हुए ऐक्सीडेंट का केस तो एक मामूली केस था। इसलिए इसमें समझौता न करने पर आखिर कोई हत्या क्यों करेगा। क्योंकि सड़क हादसे के केस में न ही बहुत ज्यादा सजा होती है और ये धारा भी जमानती होती है। जबकि हत्या के केस में उम्रकैद से लेकर फांसी तक हो सकती है। फिर देव वर्मा ने ऐसा घातक काम क्यों किया।

आस्ट्रेलिया वाले भाई ने दिया खास क्लू

एसपी अजीत सिंह को यहीं से शक शुरू हो गया। उन्हें लगा कि कहीं न कहीं कोई ऐसी वजह जरूर है, जिसके कारण प्रमोद भाई की हत्या में अन्य लोगों के शामिल होने का शक जता रहा है।

उन्हें लगा कि प्रमोद ने जो दावा किया है, कहीं न कहीं उसके पीछे कोई वजह जरूर होगी। उन्होंने तय किया कि सारा माजरा समझने के लिए उन्हें प्रमोद से बात करनी होगी। लिहाजा उन्होंने प्रमोद को व्हाट्सएप पर एक मैसेज भेजा कि वह उनसे बात करे।

जिसके बाद प्रमोद ने उनसे व्हाट्सएप पर आस्ट्रेलिया से बात की। प्रमोद ने बताया कि वह पिछले 15 सालों से आस्ट्रेलिया में नौकरी करता है। भाई की हत्या के बाद उसने अपने पिता हरेंद्र सिंह व भाई प्रमोद के बड़े बेटे हर्ष को अपने पास ही बुला लिया था।

"प्रमोदजी, मैं आपसे यह जानना चाहता हूँ कि आपको इस बात का कैसे शक है कि आपके भाई की हत्या में देव वर्मा के अलावा कोई और भी शामिल है?" एसपी अजीत सिंह शेखावत ने प्रमोद से सवाल किया तो उसने जो जवाब दिया उसे सुन कर शेखावत के कान खड़े हो गए।

प्रमोद ने बताया कि उसके भाई विनोद बराड़ा (48 वर्ष) का जब ऐक्सीडेंट हुआ था तो उसके बाद से भाई विनोद और भाभी निधि में अक्सर किसी न किसी बात को लेकर झगड़ा होता रहता था। प्रमोद ने बताया कि उसके भाई ने एक बार बातों-बातों में इशारा किया था कि निधि अपने जिम ट्रेनर के साथ इश्क के चक्कर में पड़ी हुई है।

प्रमोद ने एसपी अजोत सिंह शेखावत को बताया कि उसे लगा कि उसके भाई की हत्या में निधि या उसके किसो करीबी को मिलीभगत हो सकती है। इसीलिए उसने अपने पिता को, जो भाई की हत्या के बाद से निधि के पास रहने लगे थे, व भतीजे हर्ष को भारत से अपने पास बुला लिया।

यह बात भाई विनोद को पता चल गई थी, इसी बात को लेकर दोनों में झगड़ा होता था। इसके अलावा जब विनोद की हत्या हो गई तो उसके बाद उसकी भाभी निधि का व्यवहार भी एकदम बदल गया था। वह उसके पिता हरेंद्र सिंह से बदतमीजी से बात करने लगी थी।

उसके भाई विनोद के इंश्योरेंस के 50 लाख रुपए में से निधि ने परिवार को फूटी कौड़ी भी नहीं दी। उसने सारी प्रॉपर्टी और दुकान मकान पर एक तरह से अपना हक कायम कर लिया था। इतना ही नहीं, वह परिवार वालों से बिना अनुमति लिए अक्सर कई-कई दिनों के लिए बाहर घूमने चली जाती थी।

इतना ही नहीं, जब अदालत में देव वर्मा के खिलाफ उसके भाई की हत्या का ट्रायल शुरू हुआ तो अचानक निधि मार्च, 2022 में कोर्ट में अपने बयान से मुकर गई और उसने देव को पहचानने से ही इंकार कर दिया कि हत्या वाले दिन वह उसके घर आया था।

प्रमोद ने एसपी अजीत सिंह शेखावत को बताया कि उसे लगा कि हो न हो उसके भाई की हत्या में निधि या उसके किसी करीबी की भी मिलीभगत हो सकती है। इसीलिए उसने अपने पिता को जो भाई की हत्या के बाद से निधि के पास रहने लगे थे, उन्हें व भतीजे हर्ष को भारत से अपने पास ही बुला लिया।

प्रमोद बराड़ा से पूरी बात जानने के बाद शेखावत की समझ में सारा माजरा आ गया। उन्होंने प्रमोद से कहा, “मिस्टर प्रमोद, आप जल्द से जल्द भारत आ जाइए, हम आपका केस फिर से इनवेस्टिगेट करा रहे हैं।”

प्रमोद ने उन्हें आश्वस्त कर दिया कि वह अगले हफ्ते तक भारत आ जाएगा।

ढाई साल बाद फिर से शुरू हुई जाँच में क्या मिला

इसके बाद एसपी अजीत सिंह ने मामले की गंभीरता को समझते हुए सीआईए-3 प्रभारी इंस्पेक्टर दीपक कुमार को इस मामले की गोपनीय तरीके से जाँच करने और कानूनी प्रक्रिया अपनाने का आदेश दिया। इंस्पेक्टर दीपक कुमार ने इस केस की जाँच के लिए एक अलग टीम बना कर उसमें शामिल पुलिसकर्मियों को अलग-अलग काम पर लगा दिया।

एक टीम ने अदालत में चल रही कार्रवाई की फाइल की कॉपी हासिल की तो एक टीम ने मृतक के चाचा वीरेंद्र सिंह को बुलाकर उनसे केस से जुड़ी जानकारी हासिल की। पुलिस ने हत्या के आरोपी देव वर्मा के मोबाइल की पुरानी डिटेल्स निकाल कर उसकी भी छानबीन शुरू कर दी।

इस दौरान विनोद के चाचा वीरेंद्र से निधि का मोबाइल नंबर भी हासिल कर लिया और उसकी पिछले 3 सालों की सारी कॉल डिटेल्स निकलवा ली।

एक टीम को अदालत में दर्ज केस की फाइल में लगे सबूतों को स्टडी करने के काम पर लगा दिया गया। जब जाँच आगे बढ़ी तो कड़ियां भी जुड़ने लगीं। सामने आया कि विनोद की हत्या के आरोपी देव वर्मा की विनोद की हत्या से 4 महीने पहले से सुमित उर्फ बंटू नाम के युवक से लगातार बातचीत होती थी।

पुलिस ने जब बंटू के फोन नंबर की कॉल डिटेल निकाली तो पता चला कि वह गोहाना का रहने वाला है और पानीपत शहर में सेक्टर 11/12 की मार्केट में 'बोर बॉडी फिटनेस सेंटर' में जिम ट्रेनर था। मृतक विनोद बराड़ा की पत्नी निधि से सुमित उर्फ बंटू काफी बातचीत करता था।

दोनों के बीच विनोद की हत्या से काफी पहले से ही बातचीत व व्हाट्सएप मैसेज का आदान-प्रदान चल रहा था। निधि के मोबाइल के कॉल रिकॉर्ड से भी पता चला कि वह लगातार सुमित उर्फ बंटू से बातचीत करती थी।

इतना ही नहीं, जब पुलिस ने निधि के बैंक खाते की डिटेल निकाली तो पता चला कि वह अब तक अपने बैंक खाते से करीब 20 लाख रुपए निकाल चुकी थी।

इस तमाम जाँच से अब तक यह बात तो साफ हो गई कि इस पूरे मामले में कहीं न कहीं निधि और सुमित उर्फ बंटू, विनोद बराड़ा के हत्यारोपी देव वर्मा के साथ जुड़ रहे थे और वह एक पूरी कड़ी थी, जो साबित करती थी कि विनोद बराड़ा की हत्या में उनका हाथ है। एक सप्ताह के बाद प्रमोद भी भारत आ गया और वह पानीपत पहुँच कर एसपी अजीत सिंह शेखावत से मिला। उसने रूबरू होकर उन्हें सारी कहानी सुनाई।

इस दौरान पुलिस टीम ने फाइल का दोबारा गहनता से अध्ययन किया और नये साक्ष्यों का संदर्भ देकर कोर्ट से अनुमति ले बराड़ा हत्याकांड की आधिकारिक जाँच करने की अनुमति माँगी। अच्छी बात यह रही कि अदालत ने अनुमति भी दे दी, फिर पुलिस ने जाँच शुरू कर दी।

पुलिस टीम ने विनोद की हत्या के बाद उसके घर में लगे सीसीटीवी कैमरों की फुटेज जब्त की थी, जो अदालत में जमा थी। पुलिस टीम ने नई जाँच के संदर्भ में जब इस सीसीटीवी फुटेज को दोबारा देखा तो साफ हो गया कि वारदात वाले दिन निधि ने अपने पति विनोद बराड़ा को बचाने की कोई कोशिश नहीं की थी।

> निधि और सुमित की दोस्ती शारीरिक आकर्षण में बदल चुकी थी। निधि का पति विनोद उसे प्यार तो बहुत करता था, लेकिन उसके प्यार में वो कशिश नहीं थी, जो निधि को बांध कर रख सके। इसीलिए जब उसे अपने मिजाज के सुमित से लगाव हुआ तो वह पूरी तरह उसके बहाव में बह गई।

सीसीटीवी फुटेज में साफ दिखाई दे रहा था कि आरोपी ने घर के अंदर आते ही विनोद की पत्नी निधि को नमस्ते किया और फिर वह विनोद के कमरे में घुस गया। तभी निधि अपनी बेटी के साथ घर से बाहर भाग गई। इसके बाद कमरा अंदर से बंद कर आरोपी ने विनोद की गोली मार कर हत्या कर दी।

सीसीटीवी फुटेज में निधि अपनी बेटी के साथ बाहर भागती दिखाई दी। इसके थोड़ी देर बाद बाहर से 2 लोग अंदर आए और दरवाजा खोलने की कोशिश करने लगे, लेकिन तब तक शूटर अंदर कुंडी लगा कर विनोद बराड़ा को गोलियां मार चुका था।

ढाई साल बाद फिर से शुरू हुई जाँच में क्या मिला

पुलिस के पास अब शक के दायरे में आए सभी आरोपियों को हिरासत में लेकर पूछताछ करने के पर्याप्त आधार थे। लिहाजा पुलिस ने सबसे पहले

देव वर्मा से गहनता से पूछताछ करने के लिए 3 जून, 2024 को जेल से उसे 5 दिनों की रिमांड पर लिया। देव से कड़ी पूछताछ हुई तो उसने चौंकाने वाली जानकारी दी।

इसके बाद सीआईए टीम ने 7 जून, 2024 को आरोपी सुमित उर्फ बंटू को सेक्टर 11/12 की मार्केट स्थित उसके जिम से हिरासत में लिया और कड़ी पूछताछ शुरू कर दी। पहले तो वह खुद को बेगुनाह बताकर पुलिस को गुमराह करने की कोशिश करता रहा, लेकिन जब उसे निधि और देव वर्मा से हुई बातचीत की कॉल डिटेल्स दिखाई गई तो उसने अपना गुनाह स्वीकार लिया।

पुलिस ने आरोपी सुमित उर्फ बंटू को गिरफ्तार कर कोर्ट से उसे 7 दिनों के पुलिस रिमांड पर ले लिया। उसने जो जानकारी दी, उसके बाद 10 जून, 2024 को निधि को भी हिरासत में ले लिया गया।

तीनों आरोपियों को आमने-सामने बैठाकर जब एसपी अजीत सिंह शेखावत ने खुद पूछताछ की तो ढाई साल पहले हुई विनोद बराड़ा की हत्या की असल कहानी सामने आ गई।

आरोपी सुमित उर्फ बंटू ने पुलिस को बताया कि साल 2021 में वह पानीपत के एक जिम में ट्रेनिंग देता था। विनोद की पत्नी निधि भी वहाँ एक्सरसाइज करने के लिए आती थी। निधि खूबसूरत और जवान होने के साथ चंचल स्वभाव की थी। सुमित भी हँसमुख स्वभाव का था, दोनों की दोस्ती हो गई। दोनों आपस में काफी बातचीत करने लगे।

निधि और सुमित की दोस्ती कब शारीरिक आकर्षण में बदल गई, पता ही नहीं चला। दरअसल, निधि का पति विनोद उसे प्यार तो बहुत करता था, लेकिन उसके प्यार में वो कशिश नहीं थी, जो निधि को बांधकर रख सके। इसीलिए जब उसे अपने मिजाज के सुमित से लगाव हुआ तो वह पूरी तरह उसके बहाव में बह गई।

कहते हैं इश्क और मुश्क छिपाए नहीं छिपते। ऐसा ही हुआ। जिम जाते-जाते अचानक निधि की जीवनशैली में बदलाव और उसका बात बात में चीजों को छिपाने से विनोद को लगा कि कहीं न कहीं दाल में कुछ कॉला हैं। उसने निधि की निगरानी की तो जल्द ही पता चल गया कि वह अपने जिम ट्रेनर सुमित के इश्क में डूबी हुई है।

विनोद को उन दोनों के बारे में पता चला तो उसका गुस्सा सातवें आसमान पर पहुँच गया। जिस बीवी को उसने खुद से ज्यादा चाहा और उसके मुँह से निकली हर फरमाइश पूरी की, उसने उसके साथ धोखा कैसे कर दिया। इसके बाद विनोद निधि के साथ झगड़ा भी करने लगा। सुमित से भी उसकी जम कर कहा-सुनी हुई।

लेकिन जब तक ये हुआ, पानी सिर से ऊपर जा चुका था। निधि और सुमित साथ जीने-मरने की कसमें खा चुके थे।

जब विनोद ने निधि पर हाथ छोड़ना शुरू किया तो विनोद के लिए उसके दिल में बचा हुआ प्यार भी खत्म हो गया। लिहाजा दोनों ने मिल कर फैसला लिया कि विनोद से छुटकारा पाने के लिए उसकी हत्या करवा दी जाए। इसके बाद इस बात पर मंथन शुरू हो गया और लंबी बातचीत के लिए उन्होंने विनोद को ऐक्सीडेंट में मरवाने का फैसलाकर लिया।

सुमित उर्फ बंटू का एक जानकार ट्रक ड्राइवर था देव वर्मा उर्फ दीपक, जो भटिंडा के बलराज नगर का रहने वाला था। उसके परिवार में 2 बच्चे व पत्नी थी। उसने देव को अपने भरोसे में लेकर कहा कि अगर वह एक्सीडेंट करके विनोद बराड़ा की हत्या कर देगा तो उसे 5 लाख रुपए देगा। इतना ही नहीं, वह उसकी जमानत भी करा देगा और एक्सीडेंट करने के लिए गाड़ी भी खरीद कर देगा।

हत्या करने के क्यों बनाए 2 प्लान

देव मुफलिसी की जिंदगी जी रहा था, इसलिए वह लालच में आ गया और यह काम करने के लिए तैयार हो गया।

सुमित ने देव को पंजाब के नंबर की एक पुरानी लोडिंग पिकअप गाड़ी खरीद कर दे दी। इसके बाद देव विनोद की लगातार रेकी करने लगा कि वह किस वक्त घर से निकलता है, कब घर लौटता है।

देव वर्मा ने 5 अक्तूबर, 2021 को इसी पिकअप गाड़ी से विनोद को सीधी टक्कर मार कर उसका ऐक्सीडेंट कर दिया। उस वक्त विनोद परमहंस कुटिया कॉलोनी के गेट पर बैठा था। ऐक्सीडेंट में विनोद की मौत तो नहीं हुई, लेकिन उसकी दोनों टांगें टूट गईं। इस मामले में देव गिरफ्तार हो गया और उसकी 3 दिन में जमानत भी हो गई। पहली प्लानिंग फेल हो चुकी थी। लिहाजा निधि और सुमित ने फिर से प्लानिंग बनाई और दोनों ने गोली मार कर विनोद को मरवाने का प्लान बनाया।

उन्होंने देव वर्मा की जमानत करवाई और उसको दोबारा से विनोद की हत्या के लिए राजी किया और वादा किया कि उसे 5 लाख रुपए और दिए जाएँगे तथा उसके परिवार तथा बच्चों की पढ़ाई के साथ मुकदमा लड़ने का खर्च भी वही उठाएँगे। बाद में चश्मदीद गवाह के रूप में गवाह बनने के बाद निधि अपने बयान से भी मुकर जाएगी।

प्लान फुलप्रूफ था, इसलिए पैसे के लालच में देव वर्मा फिर से तैयार हो गया। सुमित ने उसे अवैध पिस्तौल व कारतूस खरीद कर दे दिए। हथियार उपलब्ध करवाने के बाद पहले देव को माफी माँगने के बहाने विनोद बराड़ा के पास भेजा गया।

समझौता नहीं होने के बाद अंजाम भुगतने की धमकी भी दिलाई गई ताकि पूरी तरह लगे कि उसने इंतकाम लेने के लिए विनोद की हत्या

की। इसके बाद 15 दिसंबर, 2021 को देव वर्मा ने घर में घुसकर तमंचे से विनोद बराड़ा की गोली मार कर हत्या कर दी।

सुमित व निधि ने हत्या की जैसी स्क्रिप्ट लिखी थी, सब कुछ वैसा ही हुआ और विनोद की हत्या के आरोप में देव वर्मा जेल चला गया। चूंकि ओपन एंड शट केस था और देव वर्मा हत्या के बाद मौके पर ही पकड़ा गया था, इसलिए पुलिस ने भी उस वक्त गहनता से जाँच नहीं की और वह जेल चला गया। सुमित उर्फ बंटू जेल में बंद देव के केस और घर पर परिवार का पूरा खर्च खुद देता रहा था। प्लान के अनुसार निधि मार्च 2024 में अदालत में अपनी गवाही से मुकर गई।

निधि ने विनोद की हत्या के बाद अपनी आगे की जिंदगी के लिए एक पूरी योजना बना रखी थी। इस योजना के मुताबिक, पहले विनोद का कत्ल होना था। इसके बाद उसकी प्रॉपर्टी और इंश्योरेंस की रकम से शूटर की डिमांड पूरी करनी थी और ये सब होने के बाद जिम ट्रेनर सुमित के साथ जिंदगी शुरू करनी थी।

निधि अपनी हवस की आग में इस कदर अंधी थी कि विनोद की हत्या के कुछ दिन बाद वह बहाने से सुमित के साथ घूमने मनाली भी गई। लोग हैरान थे कि अपने पति को खोने वाली निधि के चेहरे से गम के आंसू इतनी जल्दी कैसे सूख गए, शायद किसी को इस बात का अंदाजा नहीं था कि उस पूरे हत्याकांड को अंजाम देने वाली निधि ही थी।

तीनों आरोपियों से रिमांड अवधि में पूछताछ पूरी होने के बाद पुलिस ने देव वर्मा के साथ निधि व सुमित को भी हत्या व साजिश रचने का आरोपी मान कर न्यायालय में पेश किया, जहाँ से उन्हें जेल भेजा गया। इतना ही नहीं, अब आरोपियों के खिलाफ ऐक्सीडेंट केस में भी भादंवि धारा 307 और 120B जोड़ ली गई है।

अस्पताल में कैंसर की दवा के नाम पर बेच रहे थे मौत

❑ उमेशचन्द्र त्रिवेदी

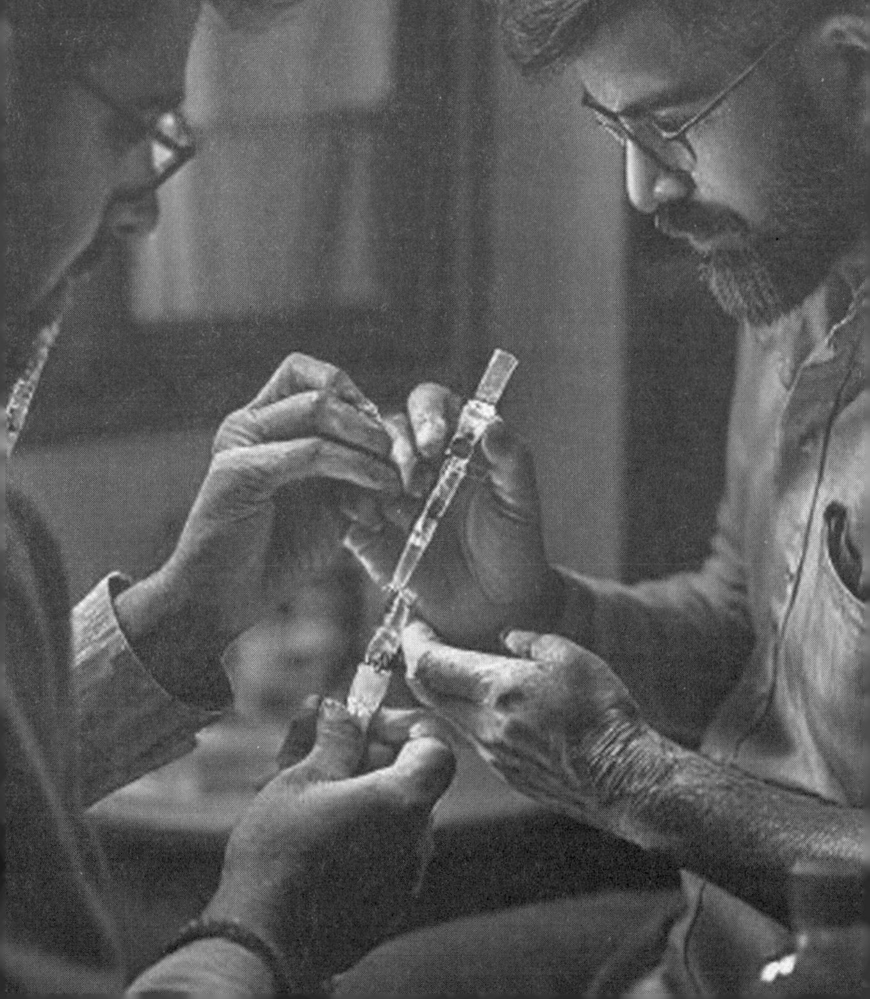

दिल्ली के नामी राजीव गाँधी कैंसर अस्पताल में अस्पताल के ही लोग बहुत महँगे मिलने वाले नकली इंजेक्शन बेच रहे थे। पैसे कमाने के लिए ये मरीजों की जान से खिलवाड़ कर रहे थे। क्राइम ब्रांच के हत्थे चढ़े गैंग के एक दरजन सदस्यों ने नकली इंजेक्शन बनाने से लेकर बेचने तक की जो प्रक्रिया बताई, वह ऐसी चौंकाने वाली निकली कि...

नकली

रोहिणी, दिल्ली

दिल्ली के रोहिणी क्षेत्र में स्थित राजीव गाँधी कैंसर इंस्टीट्यूट एंड रिसर्च सेंटर में हर दिन की तरह उस दिन भी पर्चा बनवाने वालों की काफी भीड़ थी। इनमें अधिकांश कैंसर मरीज के तीमारदार ही थे, इनके मरीज अंदर हाल में लगी बेंचों पर लेटे या बैठे हुए थे।

इस अस्पताल में कैंसर का इलाज कराने के लिए दिल्ली एनसीआर के अलावा हरियाणा, उत्तर प्रदेश, बिहार, महाराष्ट्र और अन्य राज्यों के साथ-साथ नेपाल, अफ्रीका तक से मरीज आते हैं। इसलिए यह अस्पताल काफी प्रसिद्ध हो गया है।

इस भीड़ में सुधा भी थी। जवानी उस पर अभी बरकरार थी। उसकी शादी हुए मुश्किल से 3 साल ही हुए थे। पति सूरज एक हैंडसम युवक था, एक प्राइवेट कंपनी में क्लर्क की नौकरी करता था। तनख्वाह 12 हजार रुपए थी। पिता नहीं थे, माँ थी।

पिता ने अपनी प्राइवेट नौकरी से दिल्ली के अमन विहार में 50 गज जगह खरीद कर अपना मकान बना लिया था। सुधा, उसका पति सूरज और सास दयावती, इन 3 लोगों के लिए यह मकान काफी था। सास घर में रह कर सिलाई वगैरह करके इतना कमा लेती थी कि घर का खर्च पूरा हो जाता था।

सूरज की तनख्वाह से ऊपरी खर्च चलने के बाद थोड़ी बहुत बचत हो जाती थी, जिसे वह बैंक में जोड़ता था। एक प्रकार से घर में सुधा को किसी प्रकार की दिक्कत नहीं थी। हँसी-खुशी से यह परिवार अपनी जिंदगी बसर कर रहा था।

अचानक एक दिन सूरज के पेट में भयंकर दर्द उठा। उसे सुधा एक प्राइवेट नर्सिंग होम में लेकर गई। दर्द का इंजेक्शन देने के बाद डॉक्टर ने सुधा को पति का अल्ट्रासाउंड करवाने की राय दी।

अल्ट्रासाउंड हुआ तो मालूम चला कि सूरज के पेट में एक गाँठ है। गाँठ किस चीज की है, इसकी जाँच हुई तो डॉक्टर ने सूरज के पेट में कैंसर की गाँठ होने की पुष्टि कर दी। सूरज सन्न रह गया। सुधा घबरा कर रोने लगी।

डॉक्टर ने उसे हिम्मत रखने और राजीव गाँधी कैंसर संस्थान में सूरज का इलाज करवाने की सलाह दी। बगैर समय गंवाए सुधा सूरज को लेकर कैंसर संस्थान में आई थी।

वहाँ के डॉक्टरों ने सूरज की जाँच करवाने के बाद इलाज शुरू कर दिया था। सूरज की गाँठ की कीमोथेरेपी के लिए जो इंजेक्शन लिखा गया था, वह बहुत महँगा था।

इलाज के लिए एक इंजेक्शन से काम नहीं चलने वाला था। सुधा ने सूरज के बैंक अकाउंट और अपने अकाउंट को खाली करने के बाद अपने घर वालों से रुपया लेना शुरू किया। धीरे-धीरे वह कर्ज में डूबती चली गई।

फिर कोई कब तक रुपया उधार देता। परिजनों ने हाथ खींचने शुरू कर दिए तो सुधा और उसकी सास ने मकान गिरवी रख दिया। कब्जा प्रॉपर्टी डीलर को देकर वे किराए के मकान में आ गए। सूरज का काम पर जाना बंद हुआ तो उसे कंपनी ने भी नौकरी से निकाल दिया। सास जैसे-तैसे कपड़े सिलाई करके खर्च चला रही थीं।

सुधा को इस बात का संतोष था कि कैंसर के इलाज से सूरज धीरे-धीरे ठीक हो रहा था, लेकिन अभी इलाज बंद नहीं करना था। सुधा परेशान थी कि सूरज का इलाज हो तो कैसे हो। पास का रुपया खत्म हो गया था, 2 लाख का कर्ज हो गया था और ससुर की निशानी मकान गिरवी पड़ा था। अब एक ही आसरा बचा था कि वह अपने गहने बेच दे।

सुधा ने गहने भी बेच दिए और नये उत्साह से अपने पति का इलाज शुरू किया।

इस तरह फँसाते थे शिकार

एक दिन वह हॉस्पिटल के हाल में पति के पास बैठी खाना खा रही थी, तभी एक युवक उसके सामने वाली बेंच पर आकर बैठ गया। कुछ देर वह दोनों को देखता रहा, फिर उसने बात शुरू की, "यह भाई साहब शायद यहाँ कैंसर का इलाज करा रहे हैं?"

"जी हाँ," सुधा ने उत्तर दिया, "6 महीने से इनका यहाँ इलाज चल रहा है।"

"6 महीना... बहुत रुपया खर्च हो गया होगा बहन?" युवक ने हैरानी जताते हुए कहा।

"क्या करूँ, इलाज भी जरूरी है। जैसे-तैसे इलाज करवा रही हूँ, बहुत परेशान हो गए हैं हम।"

"कैंसर की दवा हैं भी तो बहुत महँगी। मेरा भी इलाज चल रहा है कैंसर का, लेकिन मुझे यह राहत है कि 3 लाख वाला इंजेक्शन मुझे डेढ़ लाख रुपए में मिल जाता है।"

"अरे..." सुधा की आँखें हैरत से फैल गईं, "यह कैसे संभव है भाई साहब, मैंने तो हर बार 3 लाख रुपया ही दिया है।"

वह युवक आगे की ओर झुका, इधर-उधर देख कर उसने जैसे तसल्ली कर ली कि उसकी बात कोई तीसरा नहीं सुनेगा। फिर वह धीरे से बोला, "मैं सच्चाई बता रहा हूँ। आपको अगर इंजेक्शन लेना है तो मैं डेढ़ लाख में ही दिलवा दूँगा, लेकिन यह बात आपके और मेरे बीच ही रहनी चाहिए।"

"ठीक है भाई साहब, मैं किसी को नहीं बताऊँगी, बोलो कब दिलवा रहे हो मुझे इंजेक्शन?"

"पहले यह तो बताओ, कौन-सा इंजेक्शन लेना है। डॉक्टर ने भाई साहब की कीमोथेरेपी के लिए इंजेक्शन लिखा ही होगा।"

सुधा ने डॉक्टर द्वारा लिखी गई पर्ची बटुए में से निकाल कर उस युवक को दिखाई। उस पर PERJETA लिखा था, जो विदेश में निर्मित इंजेक्शन था। इसकी कीमत लगभग 3 लाख रुपए थी।

"मैं आपको यह इंजेक्शन डेढ़ लाख में दिलवा देता हूँ, आप रुपए का इंतजाम करके कल मुझे यहाँ मिलें। मेरा नाम नीरज है, यह मेरा फोन नंबर रख लीजिए, मैं इधर-उधर हुआ तो आप फोन कर लेना।"

सुधा ने उससे फोन नंबर ले लिया।

"मैं कल ही आपको फोन करूँगी भाई साहब, इससे मेरे लिए बहुत हेल्प हो जाएगी।"

"कोई बात नहीं, इंसान ही इंसान के काम आता है।" वह युवक बोला और उठकर चला गया।

सुधा और सूरज इस बात से खुश थे कि अब उन्हें सस्ते में कीमोथेरेपी का इंजेक्शन मिल जाएगा। वे नहीं जानते थे कि वह युवक नकली दवा का सौदागर है, जिसके चंगुल में फँस कर सुधा अपने पति की मौत सुनिश्चित कर रही है।

सुधा दूसरे दिन घर से डेढ़ लाख रुपए लेकर आ गई। नीरज उसे हाल में नजर नहीं आया तो उसने पति से उस युवक का नंबर मिलाने को कहा।

सूरज ने अपने मोबाइल में बीते कल नीरज द्वारा दिया गया नंबर सेव कर लिया था।

सूरज ने उसका नंबर मिलाकर घंटी बजने पर मोबाइल पत्नी को दे दिया। दूसरी ओर से कुछ ही सेकेंड बाद उस युवक की आवाज सुनाई दी, "मैं नीरज बोल रहा हूँ...आप?"

“मैं सुधा हूँ भाई साहब, कल आपसे दवा लेने की बात राजीव गाँधी संस्थान में हुई थी न, मैं उसके लिए रुपए लेकर आ गई

“ओह! सुधाजी, मैं पहचान गया। आप इस वक्त कहाँ हैं? मैं राजीव गाँधी संस्थान के हाल में हूँ। आप बैठिए, मैं 10 मिनट में वहाँ आ रहा हूँ।” दूसरी ओर से कहा गया।

सुधा अपने पति के साथ हाल की बेंच पर बैठ गई। लगभग 7 मिनट में ही नीरज एक अन्य युवक के साथ वहाँ आ गया।

नमस्कार के आदान-प्रदान के बाद उस युवक ने एक इंजेक्शन साथ आए व्यक्ति से लेकर सुधा को दे दिया। सुधा ने पर्स में रखे डेढ़ लाख रुपए नीरज को देकर कहा, “आप रुपए गिन लीजिए।”

क्राइम ब्रांच की टीम ने एक साथ दिल्ली और गुरुग्राम में छापे मारे तो उन्हें भारी सफलता मिली। इन जगहों पर कैंसर की नकली दवा बनाने वाले गैंग के 7 लोग इनके नाम इस प्रकार हैं- कोमल तिवारी, छापेमारी में पकड़े गए। अभिनव कोहली, विफिल जैन, तुषार चौहान, सूरज शत, परवेज, नीरज चौहान।

साथ आए व्यक्ति ने मुसकरा कर कहा, “आप गिन कर लाई हैं तो मुझे गिनने की जरूरत नहीं हैं। नीरज के कहने पर मैं 3 लाख की दवा आपको डेढ़ लाख में दे रहा हूँ। हाँ, यह इंजेक्शन खाली हो जाने पर आप मुझे शीशी वापस देंगी तो मैं 5 हजार रुपए और कम कर दूँगा।”

“यह तो फायदे वाली बात है,” सुधा मुसकराई, “आपको मैं यह शीशी वापस कर दूँगी। भला यह मेरे किस काम की?”

इसके बाद उनके रास्ते अलग हो गए।

पुलिस को ऐसे मिली जानकारी

सुधा ने कई बार नीरज की मदद से कीमोथेरेपी की यह दवा खरीदी। डॉक्टर यही दवा का इंजेक्शन कीमोथेरेपी के वक्त सूरज को देते रहे थे। मगर उन्हें हैरानी थी कि सूरज की तबियत ठीक होने के बजाय अब बिगड़ने लगी थी।

'परजेटा' इंजेक्शन स्पेन की एक दवा कंपनी द्वारा तैयार किया जाता है, इसकी कीमत ज्यादा जरूर थी, लेकिन इसका परिणाम बेहतरीन था। सूरज का कैंसर फैलना नहीं चाहिए था, किंतु इंजेक्शन लगने के बावजूद कैंसर की जड़ें फैलने लगी थीं।

डॉक्टर के अच्छे इलाज के बावजूद सूरज 8 महीनों में ही मौत के मुँह में चला गया।

सुधा की जिंदगी पति बिना नीरस और बेजान हो गई। उसका रो-रो कर बुरा हाल था। उसका सब कुछ लुट गया था।

उधर नीरज उस व्यक्ति के साथ इसी विश्वविख्यात राजीव गाँधी कैंसर संस्थान की कैंटीन में बैठा चाय की चुस्की ले रहा था।

"तूने सुना अभिनव, सूरज नाम के उस मरीज की डैथ हो गई है, जिसकी पत्नी सुधा को मैंने परजेटा का इंजेक्शन डेढ़ लाख में कई बार बेचा था।" नीरज ने चाय का लंबा घूंट भर कर बताया।

अभिनव मुसकराया, "मरने दे यार, हमने 9 लाख रुपया तो कमा लिया इन 6 महीने में।" "हाँ, यह बात तो है।" नीरज ने सिर हिलाया, "लेकिन पता नहीं मुझे कभी-कभी क्यों ऐसे मरीजों से सहानुभूति होने लगती है जो हमारी दवा नहीं खाता तो बच सकता था।"

"इमोशनल मत हो भाई, जिसकी जितनी सांसें लिखी हैं, वह इस धरती पर उतनी ही सांसें लेगा। इसमें हमारी दवा का क्या दोष?" "फिर भी..."

नीरज की बात अभिनव ने काट दी, "चल छोड़ यह टॉपिक। आ, परवेज को रिसीव करते हैं, वह माल लेकर आने वाला है।"

नीरज कप में शेष बची चाय एक घूंट में पी गया और खड़ा हो गया। दोनों कैंटीन से बाहर निकल गए। दोनों ने नहीं देखा, उनकी मेज के पास वाली दूसरी मेज के सामने एक पतला-सा व्यक्ति बैठा धीरे-धीरे चाय की चुस्कियां ले रहा था और कान लगा कर उनकी बातें सुन रहा था। दोनों के जाने के बाद वह व्यक्ति जल्दी से अपनी चाय खत्म करके बाहर लपका।

उसने इधर-उधर नजरें दौड़ाईं, लेकिन उसे नीरज और अभिनव नाम के वे दोनों व्यक्ति बाहर नजर नहीं आए। कुछ सोच कर उस व्यक्ति ने जेब से मोबाइल निकाल कर किसी का नंबर निकाला और धीरे-धीरे बात करने लगा।

"गुल्लू, तुम उन दोनों के पीछे लग जाओ, उनका पता-ठिकाना मालूम करो। देखो, ये दोनों हाथ से निकलने नहीं चाहिए।"

"ठीक है साहब, मैं तलाश करता हूँ दोनों को।" गुल्लू ने कहा और कॉल डिसकनेक्ट कर वह हाल की तरफ बढ़ गया।

दरअसल, गुल्लू पुलिस का मुखबिर था। उसने उस समय दिल्ली पुलिस की क्राइम ब्रांच के डीसीपी अमित गोयल से बात की थी। यह बात 9 मार्च, 2024 की है।

क्राइम ब्रांच की स्पैशल सीपी शालिनी सिंह को डीसीपी अमित गोयल (क्राइम ब्रांच) की ओर से फोन करके बताया गया कि कैंसर की नकली दवा बनाने वाला एक गैंग दिल्ली और एनसीआर में सक्रिय है। इसके पीछे मेरा एक मुखबिर लगा हुआ है, जो करीब महीना भर से इस गैंग की गतिविधियों पर बारीक नजर रखे हुए है। यदि आप कहें तो रेड डाली जाए।

"अगर ऐसी जानकारी है तो आप क्राइम ब्रांच के कुछ खास इंस्पेक्टर्स को इनकी टोह में लगा कर पक्की जानकारी जुटाइए, ताकि जब इस गैंग पर

हाथ डाला जाए तो हमें नाकामयाबी का मुँह न देखना पड़े।" सीपी क्राइम ब्रांच शालिनी सिंह ने अपना सुझाव दिया।

"ठीक है, पहले मैं इस गैंग की सही स्थिति मालूम कर लेता हूँ। बहुत जल्द आपको सूचना दूँगा।" डीसीपी अमित गोयल ने कहा।

उन्होंने क्राइम ब्रांच के तेजतर्रार तीन-चार इंस्पेक्टर्स अपने मुखबिर गुल्लू के साथ लगा दिए। इस नकली दवा बनाने वाले गिरोह की टोह लेने और असलियत मालूम करने के लिए।

12 आरोपी चढ़े पुलिस के हत्थे

एक सप्ताह के अंदर ही उन्हें अपने खास इंस्पेक्टर्स की ओर से कैंसर की नकली दवा बनाने वाले गैंग की पूरी जानकारी और उनके पते ठिकाने मालूम हो गए। उन्होंने यह जानकारी गैंग के सदस्यों के पास से बरामद स्पैशल सीपी शालिनी सिंह को दे दी। शालिनी सिंह ने क्राइम ब्रांच की एक टीम का गठन कर दिया। इनमें इंस्पेक्टर कमल, पवन, महिपाल, एसआई आशीष, गुलाब, अंकित, गौरव, यतेंद्र मलिक, राकेश और समय सिंह। एएसआई राकेश, जफरुद्दीन, शैलेंद्र के अलावा हेडकांस्टेबल नवीन, रामकेश, वरुण, शक्ति, सुरेंद्र, सुनील, ललित, राजबीर और कांस्टेबल नवीन को शामिल किया गया। इस टीम को 4 भागों में बांट दिया गया। पूरी टीम का नेतृत्व एसीपी सतेंद्र मोहन तथा एसीपी रमेशचंद्र लांबा को सौंपा गया।

4 भाग में बांटी गई इस क्राइम ब्रांच टीम को एक साथ एक ही समय में 4 अलग-अलग जगहों पर छापे डालने थे। शालिनी सिंह चाहती थीं कि इस गैंग के किसी भी व्यक्ति को भाग निकलने का मौका न मिले।

क्राइम ब्रांच की टीम ने 11 मार्च, 2024 को एक साथ दिल्ली के यमुना विहार, मोती नगर का डीएलएफ कैपिटल ग्रीन, गुरुग्राम के साउथ सिटी में एक साथ छापे मारे तो उन्हें भारी सफलता मिली। इन जगहों पर छापेमारी

में कैंसर की नकली दवा बनाने वाले गैंग के 7 लोग पकड़े गए। इनके नाम इस प्रकार हैं- कोमल तिवारी, अभिनव कोहली, विफिल जैन, तुषार चौहान, सूरज शत, परवेज और नीरज चौहान।

मूलरूप से बागपत का रहने वाला नीरज चौहान गुरुग्राम के एक प्रतिष्ठित अस्पताल में मेडिकल ट्रांसक्रिप्शन मैनेजर था। 2022 में वह इंडिया मार्ट के जरिए विफिल जैन के संपर्क में आया। विफिल जैन ने उसे एंटी कैंसर के नकली इंजेक्शन के जरिए मोटी रकम कमाने का आइडिया बताया।

नीरज को उसका आइडिया पसंद आया और फिर नीरज ने गैंग बनाना शुरू कर दिया।

विफिल जैन भी बागपत का रहने वाला था, लेकिन उसका बचपन दिल्ली के सीलमपुर में बीता। हाईस्कूल पास विफिल सीलमपुर के ही एक मेडिकल स्टोर पर काम करने लगा था। बाद में वह लोकल मार्केट में दवाएँ सप्लाई करने लगा। उसी दौरान 2-3 साल पहले उसके दिमाग में कैंसर के नकली इंजेक्शन बनाने का आइडिया आया। फिर उसने कैंसर अस्पतालों से इंजेक्शन की खाली शीशियां जुटा कर धंधा शुरू कर दिया।

कोमल तिवारी तथा अभिनव कोहली दिल्ली के रोहिणी में स्थित राजीव गाँधी कैंसर संस्थान एवं अनुसंधान केंद्र में काम करते थे। दोनों कीमोथेरेपी विभाग में नियुक्त थे। कोमल तिवारी बुध विहार (दिल्ली) का रहने वाला है। उसने बी. फार्मा किया हुआ है। सन 2013 में उसने राजीव गाँधी कैंसर संस्थान व अनुसंधान केंद्र में जॉइन किया था।

कोमल तिवारी यहाँ कीमोथेरेपी विभाग का इंचार्ज था, जबकि अभिनव मरीजों को कीमोथेरेपी देने वाली ग्लूकोज में कीमोथेरेपी की दवा मिलाने का काम करता था। नीरज चौहान पहले धर्मशिला, पारस, बीएलके जैसे नामी कैंसर अस्पतालों में काम कर चुका है।

इस गैंग का सरगना वही था। इसका काम नकली दवा के इंजेक्शन बनाने के बाद इन्हें बेचने का था।

ये सभी किसी न किसी अस्पताल से जुड़े हुए होने के कारण एक-दूसरे के संपर्क में आ गए थे। यहीं से इनके मन में कैंसर की नकली दवा बनाने का आइडिया पनपा।

चूंकि अभिनव व कोमल तिवारी सीधे कैंसर अस्पताल से जुड़े हुए थे, अतः उन्हें मालूम था कि कैंसर जैसे जानलेवा रोग से लड़ रहे मरीज को बचाने के लिए उनके परिजन हर कीमत देने को तैयार रहते हैं।

चूंकि कैंसर की दवाएँ बहुत महँगी होती हैं। इसके द्वारा सीधे-सीथे कोरा मुनाफा कमाने के लालच में अभिनव व कोमल तिवारी ने कीमोथेरेपी में दी जाने वाले इंजेक्शन की खाली शीशी बेचने का धंधा शुरू कर दिया। दोनों इसी कीमोथेरेपी विभाग से जुड़े थे, इसलिए इन्हें कीमोथेरेपी में इस्तेमाल इंजेक्शन की खाली शीशियां आसानी से उपलब्ध हो जाती थीं।

वे यह खाली शीशियां 5,000 रुपए के हिसाब से परवेज को बेच देते थे। परवेज ये शीशियां नीरज चौहान तक पहुँचाने का काम करता था। नीरज इस गैंग का मुखिया था।

नामी अस्पतालों के कर्मचारी थे गैंग में

वह इन नामी देशी-विदेशी इंजेक्शन की खाली शीशियों में 100 रुपए कीमत का एंटी फंगल भरते थे, जो एक तरह का पानी जैसा होता है। इससे मरीज को कोई लाभ नहीं होता और न ही कोई नुकसान होता है। हाँ, मरीज इस नकली दवा को असली समझ कर इस्तेमाल करता रहता है।

रोग ठीक कैसे होगा, धीरे-धीरे कैंसर फैलता है और मरीज की मौत हो जाती है। वह इन नकली दवाओं पर लाखों रुपए खर्च करके भी बच नहीं पाता और ये लोभी लोग उस मरीज की जिंदगी से खिलवाड़ करके

अपनी तिजोरी भर रहे थे। कीमोथेरेपी दवा चारों स्टेज के कैंसर मरीज को दी जाती है।

नीरज गुरुग्राम में रहता था, बाकी 6 लोग दिल्ली के हैं। मोती नगर के डीएलएफ कैपिटल ग्रीन की 11वीं मंजिल पर बने ईडब्ल्यूएस फ्लैट से पुलिस को 140 नकली दवा की शीशियां मिलीं। यहाँ से 89 लाख रुपए कैश, 18 हजार अमरीकी डालर, दवाओं की शीशियों की कैप को सील करने वाली 3 मशीनें, एक हॉट गन मशीन, 197 खाली शीशियां व पैकेजिंग के अन्य सामान भी जब्त किए गए। भरी हुई शीशियों की कीमत 1 करोड़ 75 लाख रुपए आंकी गई।

गुरुग्राम के ठिकाने से पुलिस ने 137 भरी हुई शीशियां, 519 खाली शीशियां और 864 खाली पैकेजिंग बॉक्स बरामद किए, भरी शीशियों की कीमत 2 करोड़ 15 लाख रुपए के करीब है।

ये शीशियां भारतीय ब्रांड और 2 विदेशी ब्रांड की थीं। इनमें ओपडाटा, कीटूडा, डेक्सट्रोज, फ्लूकोना जोल, केटरुडा, एनफिंजी, परजेटा, डारजालेक्स और एरबिटेवल नामी दवा के लेबल लगे थे।

पुलिस ने इन गिरफ्तार किए गए 7 आरोपियों से विस्तार से पूछताछ करने के बाद कोर्ट में पेश करके रिमांड पर लिया गया तो इनकी निशानदेही पर एक अन्य दवा विक्रेता बिहार के मुजफ्फरपुर से पकड़ा गया। इसका नाम आदित्य कृष्णा है।

32 साल के आदित्य ने बीटेक कर रखा है। मुजफ्फरपुर में यह केमिस्ट शॉप चलाता था। शॉप पर यह नकली कैंसर दवाएँ बेचता था। नीरज से यह नकली कैंसर दवा खरीद कर पुणे और एनसीआर में वह बेचता था।

यह गैंग दिल्ली एनसीआर के अलावा हरियाणा, यूपी, बिहार में भी दवा सप्लाई करता था। अफ्रीकी देशों, नेपाल, व अन्य पड़ोस से आने वाले देशों के कैंसर पीड़ितों को झांसे में लेकर ये लोग कैंसर की नकली दवाएँ

बेचते थे। उन्हें यह कह कर फाँसा जाता था कि केमिस्ट स्टोर से बहुत सस्ती दवा वह देते हैं।

इन्हें यह कह कर बरगलाया जाता था कि वह मरीज की मदद करने के लिए सस्ती दवा बेचते हैं, एक प्रकार से वह पुण्य कमा रहे हैं। जबकि दौलत के लालची ये नकली दवा के सौदागर उस कैंसर मरीज की मौत का सामान बेचते थे।

इसके अलावा पुलिस ने द्वारका स्थित वेंकटेश्वर अस्पताल के कीमोथेरेपी इंचार्ज रोहित सिंह बिष्ट को भी गिरफ्तार किया। यह पैसों के लालच में इंजेक्शन की खाली शीशियां नीरज को सप्लाई करता था।

पुलिस के सामने इस गैंग से जुड़े नये-नये लोगों के नाम सामने आते जा रहे थे। आरोपियों की निशानदेही पर पुलिस ने गुरुग्राम के सेक्टर-44 में स्थित फोर्टिस अस्पताल में कार्यरत जितेंद्र, गुरुग्राम के ही मिलेनियम अस्पताल के नर्सिंग स्टाफ साजिद और गुरुग्राम के एक नामी अस्पताल में कार्यरत सीनियर स्टाफ नर्स माजिद हसन को भी गिरफ्तार करने में सफलता हासिल की।

ये सभी लोग इस गैंग से जुड़े थे। पुलिस ने इन सभी के बैंक खातों के कुल एक करोड़ 20 लाख 79 हजार रुपए फ्रीज करा दिए हैं।

सभी आरोपियों से विस्तार से पूछताछ करने के बाद पुलिस ने उन्हें कोर्ट में पेश कर जेल भेज दिया।

▣

साइबर ठगी का नया तरीका

डिजिटल अरेस्टिंग

❑ वेणीशंकर पटेल 'ब्रज'

साइबर ठगों ने अब नये तरीके से उच्चशिक्षित लोगों को ठगना शुरू कर दिया है। वह पहले एक योजना के तहत शिकार को ऑनलाइन अरेस्ट कर लेते हैं। इसके बाद शिकार खुद ठगों के खातों में लाखों रुपए बड़ी आसानी से ट्रांसफर कर देता है।

रिटायर्ड प्रोफेसर आशा के पास 14 मार्च, 2024 की दोपहर एक वीडियो कॉल आई। उन्होंने जैसे ही कॉल अटेंड की तो कॉल करने वाली एक महिला थी। उसने आशा से कहा, "मैं मुंबई क्राइम ब्रांच से सुनीता बोली रही हूँ। आप के नाम के डाक्यूमेंट्स का उपयोग कर कुछ सिमकार्ड लिए गए हैं और इन सिमकार्डों के जरिए लड़कियों को अश्लील मैसेज भेजे जा रहे हैं। आपके खिलाफ अब तक 24 एफआईआर मुंबई में दर्ज हो चुकी हैं।"

इतना सुनते ही 72 साल की आशा घबराते हुए बोलीं, "लेकिन मैंने तो किसी को अपने डाक्यूमेंट्स दिए ही नहीं, फिर सिमकार्ड कैसे कोई यूज कर रहा है?"

"आपको जो भी कुछ कहना है, मुंबई आकर कहिए मैडम, आपके खिलाफ जो कंपलेंट हैं, उसमें हमें आपको गिरफ्तार करना पड़ेगा।" कॉल करने वाली महिला ने आशा को धमकाते हुए कहा।

"लेकिन मैं मुंबई नहीं आ सकती, घर में अकेली रहती हूँ। उम्र और बीमारी की वजह से चलना-फिरना कम होता है।" आशा ने अपनी परेशानी बताई।

"आप मुंबई नहीं आ सकतीं तो आपको वीडियो कॉलिंग पर अपने बयान दर्ज करवाने होंगे।" उसने आशा से कहा।

"मैं पहले अपने बेटे और बेटियों से इस संबंध में बात करना चाहती हूँ।" आशा ने निवेदन करते हुए कहा।

"देखिए जब तक इनवैस्टीगेशन पूरी नहीं हो जाती, आपको किसी से भी बात करने की परमिशन नहीं है।" डपटते हुए वह महिला बोली।

आशा काफी डर गई थीं, इसलिए वीडियो कॉल पर बयान देने को तैयार हो गईं। मध्य प्रदेश के ग्वालियर के मुरार थाना क्षेत्र में रहने वाली 72 साल की आशा भटनागर रिटायर्ड प्रोफेसर हैं। उनकी 2 विवाहित बेटियां पुणे में रहती हैं और एक बेटा अमेरिका में जॉब करता है। आशा के पति की 2017 में मौत हो चुकी है।

वह अब घर में अकेली रहती हैं। वीडियो कॉलिंग के जरिए 2 घंटे तक आशा से बातचीत कर उस महिला ने ऑनलाइन ही घर की पूरी तलाशी ली।

इस दौरान एक महिला पुलिसकर्मी ने बुजुर्ग आशा को मुंबई पुलिस के अफसर से वीडियो कॉलिंग के जरिए बात करने को कहा। इसी दौरान पुलिस की वर्दी में एक व्यक्ति महिला को दिखाई दिया और उसने रौबदार अंदाज में उस महिला पुलिसकर्मी से कहा, "इनको अब तक गिरफ्तार क्यों नहीं किया गया?"

यह सुन कर आशा डर गईं। देश-विदेश की यात्रा कर चुकी आशा भटनागर के दिमाग को साइबर ठगों ने पूरी तरह से अपने बस में कर लिया था।

उस अफसर ने आशा से कहा, "आपको मालूम नहीं कि आपका नाम चाइल्ड पोर्नोग्राफी के केस में नामजद है, गंभीर मामला है।"

फिर उसने अपने दूसरे साथी को अधिकारी बताकर बात कराई। इन लोगों ने घर के अंदर ही वीडियो कॉल पर पूर्व प्रोफेसर को ऑनलाइन अरेस्ट कर लिया।

अपने को किसी केस में फँसा हुआ जान आशा इतनी परेशान हो गईं कि दूसरे दिन उन्होंने बैंक जाकर अपनी 51 लाख रुपए की एफडी तुड़वा कर क्राइम ब्रांच के अफसरों के बताए श्रीनगर के पंजाब नैशनल बैंक व राजकोट की फेडरल बैंक के अकाउंट नंबरों पर वो रुपए जमा करवा दिए।

ठगों का दुबई से निकला संबंध

अगले दिन आशा ने अपने परिवार वालों को पैसे डालने के बारे में बताया, तब समझ आया कि उनके साथ फ्रॉड हुआ है। फिर इस मामले में पुलिस से शिकायत की गई।

क्राइम ब्रांच में एफआईआर दर्ज हुई तो ग्वालियर के एसपी धर्मवीर सिंह ने एएसपी सिबाज के. एम., क्राइम ब्रांच प्रभारी अजय पवार और एसआइ धर्मेंद्र शर्मा को पड़ताल में लगाया। क्राइम ब्रांच थाने की पुलिस ने तकनीकी आधार पर साइबर एक्सपर्ट की टीम बना कर इनवैस्टीगेशन शुरू की।

जाँच में पता चला कि जिन नंबरों से आशा भटनागर के पास कॉल किए गए, वे नंबर ऐप के माध्यम से प्रदर्शित कराए गए हैं। जिन खातों में रुपए ट्रांसफर किए गए थे, वे खाते जम्मू-कश्मीर व गुजरात के निकले।

इन दोनों खातों से रुपए अलग-अलग कई खातों में ट्रांसफर हुए तथा उन खातों से कुछ राशि संयुक्त अरब अमीरात (दुबई) के एक खाते में ट्रांसफर की गई थी।

साइबर क्राइम विंग ने दुबई पुलिस से जब इसकी जानकारी मंगाई तो इसमें सामने आया कि खाता दुबई की किसी कंपनी का है, जिसका धारक छत्तीसगढ़ के भिलाई में रहता है।

मास्टर माइंड का पता चलने के बाद ग्वालियर पुलिस की साइबर क्राइम टीम को भिलाई भेजा गया और आरोपी कुणाल जायसवाल के यहाँ दबिश देकर उसे उसके घर से गिरफ्तार कर लिया गया।

जब उससे पूछताछ की गई तो उसने बताया कि वह एमसीए व एमटेक (आईटी) है। पुलिस को पूछताछ में पता चला कि आरोपी अपने यहाँ काम करने वाले लोगों के खाते खुलवा कर उन खातों को स्वयं संचालित करता था और उन खातों में साइबर ठगी की राशि लेकर आगे यूएई के खाते में ट्रांसफर करता था।

> कुणाल ने आशा के पैसे 3 और बैंक खातों में डाले थे, ये खाते भी भिलाई के निकले। जब उसके घर की तलाशी ली गई तो उसके घर से दरजनों आधार कार्ड, एटीएम कार्ड, लैपटॉप, पासबुक, चेकबुक, मोबाइल फोन, आईपैड व अन्य दस्तावेज बरामद किए गए।

कुणाल ने आशा के पैसे 3 और बैंक खातों में ट्रांसफर किए थे, ये खाते भी भिलाई के निकले। जब उसके घर की तलाशी ली तो उसके घर से दरजनों आधार कार्ड, एटीएम कार्ड, लैपटॉप, पासबुक, चेकबुक, मोबाइल फोन, आईपैड व अन्य दस्तावेज बरामद किए गए। जिन खातों में रकम ट्रांसफर हुई, उन खातों की पासबुक भी उसके यहाँ से पुलिस को मिली। कुणाल ने पुणे में सिंबायोसिस यूनिवर्सिटी से एमसीए की पढ़ाई की थी। इसके बाद उसने काफी पैसा कमाया और नेहरू नगर में बड़ा बंगला, लग्जरी गाड़ियां खरीदीं।

53 घंटे तक किया ऑनलाइन अरेस्ट

मध्य प्रदेश की आर्थिक राजधानी इंदौर में क्राइम ब्रांच के पास राऊ इलाके में रहने वाले एक डॉक्टर दंपति भी इस तरह के फ्रॉड का शिकार हुए। डॉक्टर दंपति ने थाने में शिकायत दर्ज कराते हुए बताया कि सीबीआई मुंबई स्काइप आईडी से उन्हें वीडियो कॉल आई और ठगों ने उनसे 53 घंटे तक बात की और डिजिटल हाउस अरेस्ट में रखा। इसके बाद उनसे साइबर ठगों ने 8 लाख 50 हजार रुपए का ट्रांजैक्शन करवा कर ठगी को अंजाम दिया है।

7 अप्रैल, 2024 की दोपहर को उनके पास मुंबई के एक नंबर से कॉल आई। कॉल रिसीव करते ही डॉक्टर दंपति को बताया कि थाईलैंड में फाइनेंस इंटरनेशनल कुरिअर सर्विस के जरिए जो पार्सल आपके द्वारा भेजा गया था, उसमें एमडीएम ड्रग्स मौजूद है और कई महत्त्वपूर्ण दस्तावेज भी मिले हैं, जिसमें ह्यूमन ट्रैफिकिंग, छोटे बच्चों के आर्गन तस्करी जैसे गंभीर अपराधों में आपको फँसाया जा रहा है, इसलिए आपको सीबीआई मुंबई ऑफिस आना होगा।

डॉक्टर दंपति ने जब मुंबई जाने से मना कर दिया तो उन्हें बताया गया कि यदि वह चाहें तो वीडियो कॉल पर उनके बयान दर्ज कर लिए जाएँगे। ठगों ने कहा कि सीबीआई मुंबई से आपके पास वीडियो कॉल आएगी।

इसके बाद डॉक्टर दंपति को स्काइप आईडी से एक वीडियो कॉल आई, जहाँ पर वर्दी में मौजूद एक सीबीआई अफसर और दूसरे अफसर वीडियो कॉल पर दिखाई दे रहे थे। दोनों तथाकथित अफसरों द्वारा 53 घंटे तक ऑनलाइन हाउस अरेस्ट रख कर डॉक्टर दंपति को अलग-अलग गंभीर धाराओं में फँसाने को लेकर डराया गया।

वहीं कई तरह के टैक्स और चार्ज के नाम पर पैसों की माँग की गई। इसके बाद साइबर ठग यहीं नहीं रुके, बल्कि भारतीय रिजर्व बैंक आरबीआई के भी एक अधिकारी से इनवेस्टीगेशन के नाम पर एक अलग से वीडियो कॉल कराई गई। इससे घबराए डॉक्टर दंपति ने 8 लाख 50 हजार रुपए साइबर ठगों के खातों में ट्रांसफर कर दिए।

इसके बाद भी साइबर ठगों द्वारा डॉक्टर दंपति से और पैसों की माँग की गई। डॉक्टर दंपति ने आखिरकार जब अपने मित्रों से जानकारी ली तो पता चला कि उन्हें ठगी का शिकार बनाया जा रहा है। इसके बाद डॉक्टर दंपति ने पुलिस को पूरी घटना की जानकारी दी।

टीचर से कैसे ठगे 55 लाख

देश के लगभग सभी राज्यों में इस तरह के साइबर फ्रॉड के मामले पुलिस के पास आए दिन आ रहे हैं। उत्तर प्रदेश के वाराणसी में सिगरा थाना क्षेत्र की रहने वाली एक रिटायर्ड शिक्षिका शंपा रक्षित ने थाने में रिपोर्ट दर्ज कराते हुए बताया कि 8 मार्च, 2024 को अनजान नंबर से उनके पास कॉल आई।

फोन करने वाले ने खुद को टेलीकॉम रेगुलेटरी अथार्टी का अधिकारी बताते हुए उनसे कहा, “मैं महाराष्ट्र के विले पार्ले पुलिस स्टेशन से विनय चौबे बोल रहा हूँ। आपने घाटकोपर से यह सिमकार्ड लिया है, यह पूरी तरह से अवैध है। आप के खिलाफ गिरफ्तारी वारंट है।”

इतना सुनते ही शंपा डर गई।

कॉल करने वाले विनय चौबे ने उन्हें गिरफ्तारी की धमकी देकर घर पर ही रहने और किसी को कुछ न बताने के लिए कहा। इसके बाद बैंक खाते का पूरा ब्यौरा उनसे ले लिया और कहा कि ये पैसा आरबीआई को ट्रांसफर करना पड़ेगा। जाँच के बाद पैसा लौटा दिया जाएगा। इस पर उन्होंने बताए

गए खाते में पहले 3 करोड़ और फिर 55 लाख रुपए ट्रांसफर कर दिए। बाद में पता चला कि उनके साथ तो ठगी हुई है। इसके बाद उन्होंने पुलिस को इसकी सूचना दी।

रिटायर्ड शिक्षिका शंपा रश्चित की शिकायत को वाराणसी के डीसीपी (क्राइम) चंद्रकांत मीणा ने गंभीरता से लेते हुए क्राइम ब्रांच की टीम को लगा दिया। क्राइम ब्रांच ने कार्रवाई करते हुए इस मामले में 15 अभियुक्तों को गिरफ्तार कर लिया। बाद में 3 अभियुक्त राजस्थान के केकड़ी जिला से गिरफ्तार किए। इनमें मुख्य अभियुक्त टाइगर (हिमांशु वर्मा), वकील अनंत जैन और दीपक वासवानी शामिल थे।

साइबर ठगी करने वाले इन ठगों के पास से 18 मोबाइल फोन, 20 सिमकार्ड, 32 एटीएम कार्ड, कई चेकबुक और एक लाख 20 हजार नगद व एक कार, जिसकी अनुमानित कीमत 20 लाख रुपए है, बरामद की की गई। पुलिस पूछताछ में पता चला कि गैंग के सदस्य पहचान छिपा कर साइबर अपराध को अंजाम देते थे।

महिला वकील को कैसे किया ऑनलाइन अरेस्ट

कर्नाटक की राजधानी बेंगलुरु में रहने वाली सुप्रिया के साथ साइबर क्राइम का यह मामला 3 अप्रैल, 2024 का है। 29 साल की सुप्रिया (बदला हुआ नाम) पेशे से वकील हैं और बेंगलुरु में रहती हैं। उस दिन दोपहर करीब 2 बजे का वक्त था। सुप्रिया घर पर ही कोर्ट केस की कुछ फाइलें देख रही थीं, तभी उनके मोबाइल पर एक फोन आया।

फाइलों से ध्यान हटा जैसे ही सुप्रिया ने कॉल रिसीव की तो फोन करने वाले शख्स ने कहा, “हैलो, मैं इंटरनैशनल कुरिअर कंपनी फेडेक्स के कस्टमर केयर से बोल रहा हूँ। आपके नाम से एक पार्सल था, जो वापस आ गया है।”

सुप्रिया कुछ समझ पातीं और कहना चाहती थीं कि कौन-सा पार्सल। इससे पहले ही उसने यह कॉल एक दूसरे शख्स को ट्रांसफर करते हुए कहा, "लीजिए, सर से बात कर लीजिए।"

दूसरे शख्स ने सुप्रिया से कहा, "आपके नाम पर एक पार्सल मुंबई से थाईलैंड के लिए भेजा गया था, लेकिन यह वापस आ गया है। इस पार्सल में 5 पासपोर्ट, 3 क्रेडिट कार्ड और 140 सिंथेटिक नशीली गोलियां हैं।"

इतना सुनते ही सुप्रिया का माथा ठनका, क्योंकि न तो उन्होंने यह पार्सल भेजा था और न ही मुंबई या थाईलैंड से उनका कोई कनेक्शन था। फोन करने वाले शख्स ने कड़क आवाज में कहा, "पार्सल में ड्रग्स मिला है, इसलिए इसे रोक दिया गया।"

"लेकिन मैंने ऐसा कोई पार्सल नहीं भेजा।" सुप्रिया ने घबरा कर कहा।

"इसमें भेजने वाले का नाम और पता तो आपका ही है। अगर इस तरह का कोई पार्सल आपने नहीं भेजा तो इसकी शिकायत दर्ज कराने के लिए उन्हें इस बारे में मुंबई क्राइम ब्रांच से बात करनी होगी।" कॉल करने वाले ने कहा।

इसके बाद सुप्रिया को सोचने समझने का मौका दिए बिना उसने कॉल को एक दूसरे नंबर पर ट्रांसफर करते हुए कहा, "साइबर क्राइम ब्रांच के अफसर से आप खुद बात कर लीजिए।"

उस तरफ से बात करने वाले उस अफसर ने सुप्रिया से कहा, "अपने मोबाइल पर आप पहले स्काइप ऐप डाउनलोड करें और अपनी ईमेल आईडी डाल कर उनसे अभी चैट करें।"

इसके बाद उस टीम ने सुप्रिया से कुछ पूछताछ की और उनसे उनका आधार नंबर माँग लिया। सुप्रिया से बात कर रहे उस शख्स ने कहा, "मैं अपने सीनियर अधिकारियों से इस बारे में बात कर रहा हूँ। अब आपको जो भी कहना है स्काइप पर चैट बॉक्स में लिखें।"

कुछ देर बाद वह शख्स स्काइप चैट पर वापस लौटा और सुप्रिया से कहा कि आपका आधार नंबर मानव तस्करी और नशीली दवाओं (एमडीएमए) की स्मगलिंग से जुड़े मामलों में पहले से ही हाई अलर्ट पर है।

इतना सुनते ही सुप्रिया बुरी तरह डर गईं। शख्स ने सुप्रिया से कहा कि आपको इस बारे में सीबीआई के अधिकारियों से बात करनी होगी। इसके बाद उसने अभिषेक चौहान नाम के एक दूसरे शख्स को सीबीआई अधिकारी बता कर स्काइप कॉल उसके पास ट्रांसफर कर दी।

अभिषेक चौहान ने सुप्रिया से वीडियो कॉल के लिए मोबाइल का कैमरा ऑन करने को कहा। जैसे ही सुप्रिया ने कैमरा ऑन किया तो अभिषेक बोला, “ये मामला बहुत गंभीर है। यह केस मानव तस्करी, मनी लांडरिंग और आधार कार्ड की डिटेल चोरी से जुड़ा हुआ है।”

वीडियो कॉल के जरिए वह सुप्रिया से उनकी सारी बैंक डिटेल्स माँगने लगा। बैंक में कितना बैलेंस है, सालाना सीटीसी और इनकम से लेकर इनवैस्टमेंट तक सब कुछ उसने सुप्रिया से पूछा और डरी सहमी वह वकील सब कुछ बताती रही।

अभिषेक चौहान नाम के उस शख्स ने सुप्रिया से जो-जो करने को कहा, वह चुपचाप करती गईं। अभिषेक चौहान ने सुप्रिया को धमकाते हुए यह भी कहा, “जब तक यह काम पूरा नहीं होता, वह किसी को इस बारे में कुछ नहीं बताएँगी।”

सेंसिटिव केस का हवाला देते हुए उसे हर वक्त कैमरा ऑन कर ऑनलाइन रहने को कहा गया, ताकि वो जान सकें कि मैंने किसी से फोन पर बात तो नहीं की है। इस तरह डर के साए में पूरा दिन बीत गया। अपने माँ-बाप से दूर रहने वाली सुप्रिया उस दिन बिना खाए-पिए जब सोने के लिए जाने लगी, तब भी उसे कैमरा ऑन रखने के लिए कहा गया।

डर और तनाव के कारण उन्हें रात भर नींद नहीं आई। अगले दिन 4 अप्रैल को अभिषेक चौहान ने सुप्रिया से कहा कि उनके ट्रांजैक्शन को वेरिफाई करना होगा। इसके लिए उसने सुप्रिया से अपने बैंक अकाउंट से निथिन जोसेफ नाम के अकाउंट में 10,78,993 रुपए ट्रांसफर करने को कहा।

मरता क्या न करता, पहले से काफी घबराई हुई सुप्रिया ने बताए गए अकाउंट में रुपए ट्रांसफर कर दिए, केस की जाँच और वेरिफिकेशन के नाम पर उस शख्स ने सुप्रिया को पूरे दिन ऑनलाइन रखा।

इसके बाद उस शख्स ने सुप्रिया से अमेजन पर 2.04 लाख और 1.74 लाख रुपए के 2 अलग-अलग ट्रांजैक्शन भी कराए। इसके बाद अभिषेक ने सुप्रिया से कहा, "पूरे केस में ड्रग्स का मामला शामिल है, इसलिए हमें तुम्हारा नारकोटिक्स टेस्ट कराना होगा। मैं जैसा कहता हूँ, चुपचाप वैसा करती जाओ, यदि हमें कोआपरेट नहीं किया तो मजबूरन हमें तुम्हारे माँ-बाप को भी अरेस्ट करना होगा।"

सुप्रिया ने न्यूज में नारकोटिक्स टेस्ट के बारे में सुना जरूर था, मगर ज्यादा जानकारी उन्हें नहीं थी। ऊपर से माता-पिता के अरेस्ट होने के डर से चुपचाप वह अभिषेक के निर्देशों का पालन करने लगीं। अभिषेक ने पहले सुप्रिया से अपने कपड़े उतार कर कैमरे के सामने खड़ी होने को कहा। सुप्रिया को जो भी करने को कहा गया, वह करती गईं।

सुप्रिया का दूसरा दिन भी एक अज्ञात आशंका के साये में गुजरा। रात में वह सोने का असफल प्रयास कर रही थीं, तभी रात के करीब एक बजे अभिषेक ने सुप्रिया को ब्लैकमेल करना शुरू किया। उसने चेतावनी देते हुए कहा, "अगर कल दोपहर 3 बजे तक तुमने मुझे 10 लाख रुपए नहीं दिए तो तुम्हारा न्यूड वीडियो सोशल मीडिया पर वायरल कर दिया जाएगा।"

यहाँ तक कि उसने वीडियो को डार्क वेब पर डालने की धमकी भी दे दी। इतना सब कुछ होने के बाद सुप्रिया अब समझ चुकी थीं कि वीडियो अरेस्ट कर उनके साथ साइबर धोखाधड़ी की गई है। सुप्रिया ने 5 अप्रैल, 2024 को बेंगलुरु (ईस्ट) डिवीजन साइबर क्राइम थाने में एफआईआर दर्ज कराई।

कुरिअर या पार्सल के नाम से ठगी का बेंगलुरु का मामला कोई इकलौता मामला नहीं है। साइबर अपराधी नये-नये तरीके अपना रहे हैं। दिल्ली के अशोक विहार इलाके में रहने वाले एक कारोबारी अशोक कोहली (परिवर्तित नाम) के साथ भी कुछ इसी तरह का फ्रॉड हुआ है। अशोक अपने परिवार के साथ सत्यवती कॉलोनी में रहते हैं।

पहली अप्रैल, 2024 को उनके फोन पर एक कुरिअर कंपनी के नाम से कॉल आई। फोन करने वाले व्यक्ति ने कहा, "27 मार्च, 2024 को आपकी तरफ से ताइवान के लिए एक पार्सल बुक किया गया था। पार्सल को मुंबई कस्टम ने अपने कब्जे में ले लिया है, जिसमें 5 पासपोर्ट, 4 क्रेडिट कार्ड, 200 ग्राम एमडीएमए ड्रग, एक लैपटॉप और कपड़े हैं।"

अशोक असमंजस में पड़ गए। तभी फोन करने वाले ने मुंबई क्राइम ब्रांच के कथित अफसर से बात करवा दी। अपने आपको क्राइम ब्रांच का अफसर बताने वाले उस शख्स ने अशोक को धमकाते हुए कहा, "आपके आधार नंबर से मुंबई में बैंक खाते खुले हैं, जिनके जरिए मनी लांडरिंग का काम चल रहा है। आप सीबीआई, ईडी और एनसीबी के रेडार पर हैं।"

इसके बाद फिर उन्होंने स्काइप आईडी पर आने के लिए कहा। उस अफसर ने कहा कि मामले में डिजिटल और विजुअल सबूत के रूप में ऑनलाइन इन कैमरा आपसे पूछताछ की जाएगी। इसी दौरान उसने अपने सीनियर अधिकारी डीसीपी जॉर्ज मैथ्यूज से मिलाया।

स्काइप कॉल के जरिए ही जॉर्ज ने अशोक के बैंक खातों और कंपनी के बैंक खातों की जानकारी ली और धमकी दी कि जब तक यह पूछताछ पूरी नहीं हो जाती, यह बात किसी को न बताएँ।

कुणाल ने आशा के पैसे 3 और बैंक खातों थे, ये खाते भी भिलाई के निकले। जब में ट्रांसफर किए उसके घर की तलाशी ली तो उसके घर से दरजनों आधार कार्ड, एटीएम कार्ड, लैपटॉप, पासबुक, चेकबुक, मोबाइल फोन, आईपैड व अन्य दस्तावेज बरामद किए गए।

अगर उनके खाते में अवैध धन पाया गया तो जेल हो जाएगी, जिसमें पूरा परिवार कानूनी शिकंजे में आ जाएगा। इसके बाद उन्होंने बाकायदा सीबीआई के लेटर हैड पर एक लेटर और अपने आईकार्ड भी सेंड कर दिए, जिसे देख कर अशोक को यकीन भी हो गया।

जॉर्ज मैथ्यूज ने अशोक को अकाउंट सीज करने का भी डर दिखाते हुए कहा, “अगर जाँच के बारे में किसी को भी बताया और भनक भी पड़ गई तो सभी प्रॉपर्टी और बैंक खाते सीज कर दिए जाएँगे और पासपोर्ट भी सस्पेंड कर दिया जाएगा। साथ ही जाँच पूरी होने तक विदेश यात्रा पर भी प्रतिबंध लगा दिया जाएगा। कई साल की जेल होगी और पत्नी, पिता भी जाँच के दायरे में होंगे।”

अशोक बुरी तरह से डर गए और उनके निर्देशों का पालन करने लगे। उन दोनों अफसरों ने अशोक के पूरे खाते की जाँच करने के लिए 15 लाख 12 हजार रुपए पीएनबी से दूसरे बैंक खाते में जमा करवा लिए, बाद में 15 लाख रुपए और जमा करवा लिए।

4 अप्रैल, 2024 को उन्होंने फिर से फोन पर कहा, "पूछताछ पूरी हो गई है और आपका खाता सही है। शाम तक 25 लाख रुपए और 5 अप्रैल की सुबह तक बाकी 5 लाख 12 हजार रुपए वापस आपके बैंक अकाउंट में भेज दिए जाएँगे।"

4 अप्रैल की शाम तक जब पैसे अकाउंट में नहीं आए तो अशोक स्काइप चैट पर गए, वहाँ जाकर पता चला कि स्काइप चैट से कथित सीबीआई पत्र और आईडी कार्ड हटा दिए गए हैं, तब जाकर उन्हें ठगी का अहसास हुआ और उन्होंने साइबर क्राइम ब्रांच में अपनी एफआईआर दर्ज कराई।

हरियाणा में हुए फ्रॉड का निकला कंबोडिया कनेक्शन

हरियाणा पुलिस की क्राइम ब्रांच में दर्ज किए गए 2 मामलों पर नजर डालें तो इनमें भी काफी समानता है और ठगी के लिए एक ही तरह का तरीका अपनाया गया है। यहाँ भी जनवरी और मार्च के महीने में अलग-अलग दर्ज हुए इन मामलों पर गौर करना इसलिए जरूरी है कि यहाँ भी कुरिअर पार्सल में संदिग्ध सामान बताकर ठगी की गई थी।

10 जनवरी, 2024 को एक युवक को सीबीआई अधिकारी बनकर संदिग्ध पार्सल के केस से बचाने के नाम पर 10 लाख 90 हजार रुपए का फ्रॉड किया गया। साइबर फ्रॉड का शिकार हुए युवक ने एसीपी साइबर प्रियांशु दीवान को बताया कि कुरियर कंपनी के कर्मचारी बन ठगों ने उसे बताया कि आप के नाम से बुक पार्सल में कुछ संदिग्ध सामान है, जो कंबोडिया भेजा जा रहा था, इसे जब्त कर लिया गया है।

कॉल करने वाले ने बताया कि उसपर ड्रग्स पार्सल करने का केस चलेगा। युवक डर गया तो युवक को बचाने के नाम पर 10 लाख 90 हजार रुपए ट्रांसफर करा लिए गए।

इसी तरह पहली मार्च, 2024 को गुरुग्राम की एक युवती से कस्टम में पार्सल पकड़े जाने को कह कर उससे 2 लाख 85 हजार रुपए ठग लिए गए, युवती को कॉल कर ठगों ने कहा कि आप के नाम से बुक हुए पार्सल को कस्टम विभाग की टीम ने पकड़ लिया है और इसमें कुछ संदिग्ध सामान होने का शक है।

कस्टम क्लियरेंस के नाम पर आरोपियों ने अलग-अलग शुल्क बता कर युवती से 2 लाख 85 हजार रूपए ट्रांसफर करा लिए, फोन करने वाले ने सीबीआई अधिकारी को केस ट्रांसफर करते हुए युवक की उनसे बात भी कराई।

इस मामले में साइबर क्राइम थाने में एफआईआर दर्ज की गई। जब इस मामले की जाँच गुरुग्राम पुलिस द्वारा की गई तो पता चला कि कॉल करने वाले का आईपी एड्रेस कंबोडिया का था।

एसीपी (साइबर क्राइम) प्रियांशु दीवान ने बताया कि पुलिस की जाँच में यह बात सामने आई है कि दक्षिण भारत के कई राज्यों से लोगों को कंबोडिया में नौकरी दिलाने के बहाने भेजा जा रहा है इस काम के लिए कई एजेंसियां और उनके एजेंट काम कर रहे हैं। एजेंसी वाले बेरोजगार नौजवानों को कंबोडिया भेज रहे हैं। इसके लिए एजेंट इन लोगों से रुपए भी लेते हैं।

कंबोडिया पहुँचते ही कंपनी के कर्मचारी बताने वाले लोग इन्हें रिसीव कर अपने ठिकाने पर ले जाते हैं, वहाँ जाते ही इनके पासपोर्ट जब्त कर लेते हैं तथा इन्हें बिल्डिंग में ही बंधक बनाकर गुलामों की तरह रखा जाता है।

उनके मुताबिक काम न करने पर इनसे मारपीट की जाती है और फिर साइबर ठगी की इन्हें ट्रेनिंग देकर ठगी की वारदात अंजाम देने में लगा देते हैं। हाल ही में 3 युवक वहाँ से भाग कर देश लौट सके हैं। उन्होंने साइबर पुलिस टीम को बताया कि उनसे साइबर ठगी के लिए कॉल कराई जाती थी। यदि किसी दिन कोई टारगेट नहीं मिलता तो उनसे क्रूर व्यवहार किया जाता था।

क्या होता है ऑनलाइन अरेस्टिंग

कानूनी तौर पर ऑनलाइन अरेस्ट नाम का कोई शब्द पुलिस की डिक्शनरी में नहीं है।

यह एक फ्रॉड करने का तरीका है, जो साइबर ठग अपना रहे हैं। इसका सीधा मतलब होता है ब्लैकमेलिंग, जिसके जरिए ठग अपने टारगेट को ब्लैकमेल करता है। ऑनलाइन अरेस्ट में कोई आपको वीडियो कॉलिंग के जरिए आपके ही घर में बंधक बना लेता है। वह आप पर हर वक्त नजर रख रहा होता है।

ऑनलाइन अरेस्ट के मामलों में ठग कोई सरकारी एजेंसी के अफसर या पुलिस अफसर बन कर आपको वीडियो कॉल करते हैं। ठगी करने वाले ये लोग फर्राटेदार अंगरेजी में बात करते हैं, इसलिए किसी को भी यह शक नहीं होता कि ये लोग फर्जी अफसर हैं।

इस तरह के मामलों में फ्रॉड करने वाले इतने शातिर तरीके से आपको अपने जाल में फँसा कर बातों में उलझाए रखते हैं कि आपको सोचने-समझने का मौका ही नहीं मिलता।

इसके बाद ठग आपको कहते हैं कि आपके आधार कार्ड, सिमकार्ड या बैंक अकाउंट का इस्तेमाल किसी गैरकानूनी गतिविधि के लिए हुआ है। ऐसे मामलों में वह आपको फर्जी गिरफ्तारी का डर दिखा कर आपके घर में ही कैद कर देते हैं, झूठे आरोप लगाते हैं और जमानत की बातें कह कर पैसे ऐंठ लेते हैं।

शातिर ठग इस दौरान आपको वीडियो कॉल से हटने भी नहीं देते हैं और न ही किसी को कॉल करने देते हैं। ऑनलाइन अरेस्ट के इस तरह के कई मामले अब तक अलग-अलग स्थानों पर सामने आ चुके हैं।

ऐसे साइबर ठग तकनीकी रूप से मजबूत होते हैं और जानते हैं कि अपने लक्ष्य को कैसे हासिल करना है और लोगों की मेहनत की कमाई को कैसे लूट लेना है।

ड्रम के नंबर से सुलझी मर्डर मिस्ट्री

❑ वीरेन्द्र बहादुर सिंह

हत्यारे ने 33 वर्षीय धर्मिष्ठा की हत्या कर लाश ड्रम में डालकर ऊपर से सीमेंट कंक्रीट का घोल भर दिया था, जिससे लाश पूरी तरह से सेट हो गई थी। आखिर, ड्रम के नंबर के आधार पर पुलिस हत्यारे तक पहुँच ही गई। कौन था हत्यारा, उसने धर्मिष्ठा की हत्या क्यों की और लाश ठिकाने लगाने का उसने ऐसा नायाब तरीका क्यों अपनाया?

ड्रम में लाश का मिलना एक गंभीर घटना थी। क्योंकि इससे साफ था कि यह हत्या का मामला है। और लाश को ठिकाने लगाने के लिए लाश को ड्रम में डाल कर यहाँ फेंका गया था। लाश की शिनाख्त भी नहीं हो सकती थी। क्योंकि लाश के सिर्फ पैर ही दिखाई दे रहे थे, बाकी का हिस्सा ड्रम के अंदर था यानी सिर ड्रम के अंदर सीमेंट से सेट था और पैर बाहर, इसके अलावा ड्रम में सीमेंट, रेत और कंक्रीट के साथ कपड़े भी भरे हुए थे, जिससे ड्रम का वजन बहुत ज्यादा था। जब कटर से ड्रम को काटा गया तो अंदर से एक महिला की सड़ी-गली लाश निकली।

पुलिस को यह तो पता चल गया था कि मरने वाली महिला है। पर अब उसे यह पता करना था कि यह महिला कौन है और कहाँ की रहने वाली है? तभी पुलिस की जाँच आगे बढ़ सकती थी।

मूलरूप से गुजरात के जिला नवसारी का रहने वाला 30 साल का आफताब आलम सूरत के भेस्तान क्षेत्र में रहता था। वह एक प्राइवेट टेलीकाम कंपनी में नौकरी करता था। उसका काम था पूणा भाडोदरा इलाके में पड़े उसकी कंपनी के केबल की रखवाली करना। जिस की वजह से वह उस इलाके में बाइक से घूमता रहता था।

2 जुलाई, 2024 को भी रोज की ही तरह वह पेट्रोलिंग के लिए निकला था। पेट्रोलिंग के दौरान सुबह के लगभग 4 बजे जब वह पलसाण से निकल कर भाटिया चेकपोस्ट से अपने घर की ओर जा रहा था, तभी डिंडौली से थोड़ा आगे रास्ते में उसे लघुशंका लगी।

लघुशंका के लिए वह नहर के पास गया तो उसे नहर के किनारे एक गड्ढे में नीले रंग का एक ड्रम दिखाई पड़ा। उसने ड्रम को थोड़ा ध्यान से देखा तो उसमें उसे किसी इंसान का एक पैर दिखाई दिया। उसने तुरंत अपने अफसर को फोन करके यह बात बताई तो उन्होंने उसे पुलिस को फोन करने के साथ यह भी कहा, "देखो, कपड़े की दुकान में जो पुतले खड़े किए जाते हैं, कहीं वह तो नहीं है उस ड्रम में?"

यह सुन कर आफताब घबरा गया कि कहीं पुतला हुआ तो पुलिस उसकी फजीहत करेगी। इसलिए उसने अफसर से कहा, "साहब, मुझे तो नहीं लगता कि यह कोई पुतला है। फिर भी आप आ जाएँ तो ज्यादा अच्छा रहेगा।"

वह अफसर घटनास्थल पर पहुँचे ही थे कि संयोग से उसी दौरान उधर से पुलिस कंट्रोल रूम की एक वैन गुजरी। आफताब ने उस पीसीआर वैन को रोक कर ड्रम में मानव पैर दिखाई देने की बात बताई तो वैन से उतर कर पुलिस वालों ने भी ड्रम देखा। पता चला कि ड्रम में लाश के साथ सीमेंट और कंक्रीट भरा था, जो पूरी तरह सेट हो चुका था।

इसके बाद पुलिस कंट्रोल रूम द्वारा थाना भेस्तान पुलिस को सूचना दी गई कि भाड़ोदरा गाँव के पास एक ड्रम में लाश पड़ी है। सूचना मिलते ही थाना भेस्तान के एसएचओ बी.एल. पटेल अपनी टीम के साथ घटनास्थल पर पहुँच गए। उन्होंने जब ड्रम में लाश देखी तो उसके सिर्फ पैर ही दिखाई दे रहे थे। लाश के पैरों की हालत यह थी कि उन्हें जहाँ भी छुआ जाता था, वहीं से चमड़ी हट जाती थी। सिर्फ पैरों से यह भी अंदाजा लगाना मुश्किल था कि मरने वाला पुरुष है या महिला।

घटना की गंभीरता को देखते हुए एसएचओ बी.एल. पटेल ने पुलिस अधिकारियों को भी घटना की सूचना दे दी थी। सूचना मिलते ही डीसीपी राजेश परमार घटनास्थल पर आ पहुँचे। लाश और घटनास्थल का निरीक्षण करने के बाद पुलिस ने लाश को ड्रम सहित सिविल अस्पताल भिजवा दिया था।

हत्या कर किसने जमा दी सीमेंट बजरी में महिला की लाश

डीसीपी राजेश परमार ने थाना पुलिस की 6 टीमें और क्राइम ब्रांच की 7 टीमें बना कर महिला के बारे में पता लगाने के लिए लगा दिया। लाश के साथ जो कपड़े मिले थे, उनमें ऐसा कुछ भी नहीं था, जिनसे महिला का सुराग मिलता। घटना स्थल से भी ऐसी कोई चीज नहीं मिली थी कि बात कुछ आगे बढ़ती। ले देकर वही प्लास्टिक का एक ड्रम था, जिसमें लाश मिली थी।

जहाँ लाश मिली थी, वहाँ आसपास कोई सीसीटीवी भी नहीं था। जो सीसीटीवी था भी, वह थोड़ा दूर था। इसलिए पुलिस को जैसी सफलता चाहिए थी, वह उस सीसीटीवी से नहीं मिल सकी। इसके बाद पुलिस की टीमों ने आसपास जो कंस्ट्रक्शन के काम चल रहे थे, वहाँ के सभी उन

ठेकेदारों को बुलाकर पूछताछ की, जो उन साइटों पर मजदूर सप्लाई करते थे। लेकिन इनसे भी पुलिस को कोई सुराग नहीं मिला। उनका कहना था कि उनकी साइट से कोई महिला मजदूर गायब नहीं है।

> पुलिस संजय को हिरासत में लेकर थाने आ गई। थाने में डीसीपी राजेश परमार की मौजूदगी में उसने बिना किसी हीला-हवाली के मान लिया कि हत्या उसी ने की थी।

इसके बाद पुलिस ने अपना ध्यान उस ड्रम पर केंद्रित किया, जिस ड्रम में लाश मिली थी। पुलिस ने ड्रम पर लिखे पते और बैच नंबर के आधार पर जाँच शुरू की। इस जाँच में पुलिस को पता चला कि इस ड्रम को अहमदाबाद की एक प्राइवेट कैमिकल कंपनी ने सप्लाई किया था।

पुलिस ने जब अहमदाबाद की उस प्राइवेट कंपनी से उस ड्रम के बारे में पूछा तो वहाँ से जो जानकारी मिली, उसके अनुसार वह ड्रम 30 अप्रैल, 2024 को सूरत स्थित सचिन जीआईडीसी की कैमिकल कंपनी को भेजा गया था। पुलिस सूरत की उस कैमिकल कंपनी में पहुँची तो वहाँ से बताया गया कि पहली मई, 2024 को उसने उस ड्रम को एक अन्य कंपनी में भेजा था।

तब पुलिस की जाँच उस कंपनी तक पहुँची। पुलिस ने वहाँ पूछा कि वे ड्रम खाली होने के बाद उनका क्या करते हैं? क्योंकि उस ड्रम में आया कैमिकल इस कंपनी में खाली कर दिया गया था। पुलिस ने जब उस कंपनी के संचालकों से उस ड्रम के बारे में पूछा तो उन्होंने बताया कि ड्रम खाली होने के बाद वह उन्हें कबाड़ी को दे देते हैं।

जब पुलिस ने कंपनी के संचालकों से उस कबाड़ी के बारे में पूछा तो उन्होंने बताया कि सचिन जीआईडीसी के गेट नंबर 2 के पास शकील कबाड़ी वाले का गोदाम है, वही उनकी कंपनी का कबाड़ ले जाता है। पुलिस शकील के पास पहुँची और उस ड्रम के बारे में पूछा तो उसने कहा, "साहब, ड्रम कौन ले गया, यह मैं निश्चित रूप से नहीं बता सकता। क्योंकि तमाम लोग आकर ड्रम ले जाते हैं।"

कबाड़ी शकील के यहाँ कोई सीसीटीवी कैमरा नहीं लगा था। इसलिए जाँच में लगी पुलिस ने आसपास सीसीटीवी की तलाश की तो पुलिस को इसमें असफलता नहीं मिली। क्योंकि कबाड़ी के उस गोदाम के आसपास कोई सीसीटीवी नहीं लगा था। इससे पुलिस को ड्रम खरीद कर ले जाने वाले को जोड़ने वाली कड़ी नहीं मिल सकी।

उसी दौरान जब लाश की पोस्टमार्टम रिपोर्ट आई तो पुलिस को पता चला कि महिला की हत्या करीब 10 दिन पहले हुई थी। अब तक पुलिस को यह तो पता चल गया था कि ड्रम कहाँ से ले जाया गया था, पर यह पता नहीं चला था कि कबाड़ी से ड्रम कौन ले गया था।

यह जानने के लिए पुलिस ने उस कबाड़ी की दुकान से जाने वाले सभी रास्तों के सीसीटीवी देखने शुरू किए। बस, वहीं से पुलिस को एक महत्त्वपूर्ण कड़ी मिल गई।

पुलिस ने कबाड़ी के गोदाम से जाने वाले रास्तों के जो सीसीटीवी फुटेज देखे थे, उनमें 25 जुलाई को 12 बजे के आसपास एक व्यक्ति बाइक से सचिन जीआईडीसी के गेट नंबर 2 की ओर से अंदर जाता हुआ दिखाई दिया था।

इसके बाद पुलिस ने आगे की सीसीटीवी फुटेज देखने शुरू किए। लगभग 250 से अधिक सीसीटीवी फुटेज खंगालने के बाद पुलिस गोदाम से

लगभग 3 किलोमीटर दूर स्थित गोकुलधाम रेजीडेंसी सोसाइटी पहुँची। पर इतनी दूर आने के बाद पुलिस फिर मुश्किल में पड़ गई, क्योंकि सोसाइटी के आसपास सीसीटीवी कैमरे नहीं थे। तब पुलिस ने सोसाइटी के लोगों को सीसीटीवी फुटेज में ड्रम ले जाते हुए व्यक्ति को दिखा कर उसके बारे में पूछताछ की।

इसके बाद पुलिस को उस व्यक्ति का घर मिल गया, जो शकील कबाड़ी वाले के यहाँ से खाली ड्रम खरीद कर लाया था। इस तरह इंस्पेक्टर बी. एल. पटेल आरोपी तक पहुँच गए। पूछताछ में 43 वर्षीय उस व्यक्ति ने अपना नाम संजय गोपाली बताया।

इंस्पेक्टर बी. एल. पटेल संजय को हिरासत में लेकर थाने आ गए, थाने में डीसीपी राजेश परमार की मौजूदगी में उससे पूछताछ की गई तो बिना किसी हीलाहवाली के संजय गोपाली ने स्वीकार कर लिया कि वह हत्या उसी ने की थी और जिसकी हत्या की थी, वह उसकी पत्नी धर्मिष्ठा थी। इस पूछताछ में संजय ने पत्नी की हत्या की जो कहानी पुलिस को बताई थी, वह इस प्रकार थी।

क्यों बहके थे धर्मिष्ठा के कदम

गुजरात के सूरत की चौरासी तहसील के थाना भेस्तान की गोकुलधाम रेजीडेंसी सोसाइटी का रहने वाला संजय गोपाली मूलरूप से गुजरात के जिला भावनगर के बुधेल गाँव का रहने वाला था। पिछले एकाध साल से वह लीवर की बीमारी के कारण कोई कामधंधा नहीं करता था। एक तरह से वह बेरोजगार था।

संजय के फ्लैट में उसके साथ उसकी 33 वर्षीय पत्नी धर्मिष्ठा, उसकी बेटी, पत्नी की बड़ी बहन मंजुला तथा उसका बेटा निमित्त रहता था। लिवर की बीमारी के कारण संजय पूरे दिन घर में ही पड़ा आराम करता रहता

था। घर का खर्च चलाने के लिए उसकी पत्नी धर्मिष्ठा सचिन जीआईडीसी के डायमंड नगर स्थित एक कंपनी में नौकरी करती थी।

धर्मिष्ठा की बड़ी बहन मंजुला सचिन जीआईडीसी की एक दूसरी कंपनी में नौकरी करती थी। मंजुला का बेटा निमित्त भी उसी इलाके में एक कबाड़ी के यहाँ नौकरी करता था।

10 साल की बेटी के अलावा संजय का 5 साल का एक बेटा भी था। बेटा दादा-दादी के साथ बुधेल गाँव में रहता था। संजय के पिता मामसा गाँव में एक कंपनी में वाचमैन की नौकरी करते थे तो माँ गृहस्थी संभालती थी।

संजय का एक बड़ा भाई भी था। संयोग से उसे भी लीवर की बीमारी थी। संजय के भाई और भाभी के बीच भी अनबन चल रही थी, जिसकी वजह से उसकी भाभी 7 साल से अपने मायके में माँ-बाप के साथ नवसारी में रहती थी। भाई का एक बेटा और एक बेटी अपनी माँ के साथ ही नवसारी में रहते थे।

संजय 29 अगस्त, 1980 को नारी गाँव में रहने वाली अपनी मौसी के यहाँ ही पैदा हुआ था। उसने 7वीं तक की पढ़ाई मौसी के यहाँ रह कर सरकारी स्कूल से की थी। इसके बाद पढ़ाई छोड़ कर वह मुंबई चला गया था। मुंबई के मलाड में उसके पिता के मामा का घर था। वहाँ जाकर वह उन्हीं के यहाँ रहने लगा था और हीरा घिसने का काम करने लगा था।

लगभग 2 साल तक मुंबई में रहने के बाद वह अपने गाँव वापस आ गया था। करीब 8 महीने गाँव में रह कर वह सूरत चला गया था, जहाँ वह हीरा घिसने का वही अपना पुराना काम करने लगा था।

संजय को विवाह के लिए अपनी बिरादरी की कोई लड़की नहीं मिल रही थी। इसलिए उसके माँ-बाप ने उसका विवाह किसी अन्य जाति की लड़की से करने का विचार किया। उसी दौरान उन्हें आनंद के भादरन गाँव

की रहने वाली धर्मिष्ठा मिल गई। तब साल 2012 में संजय और धर्मिष्ठा की शादी समाज के रीतिरिवाजों से कर दी थी। शादी के बाद भी संजय हीरा घिसने का ही काम करता रहा।

विवाह होने के बाद संजय धर्मिष्ठा को लेकर अमरेली में रह रहे अपने बड़े भाई के यहाँ रहने आ गया था। लगभग एक साल तक भाई के साथ रहने के बाद वह सूरत के ही अलग-अलग क्षेत्रों में किराए पर रहता रहा।

लगभग 8 साल पहले संजय अपनी पत्नी और बेटी के साथ गोकुलधाम सोसायटी में रहने आ गया था।

2 बच्चों के बाद भी क्यों नहीं सुधरी धर्मिष्ठा

संजय ने पुलिस को जो बताया था, उसके अनुसार शादी के 6 महीने बाद ही धर्मिष्ठा अपने मायके के बगल के गाँव के रहने वाले अपने प्रेमी के साथ भाग गई थी। संजय के सास-ससुर ने शादी के पहले ही बताया था कि उनकी बेटी का बगल के गाँव के किसी युवक से प्रेम संबंध था। इसलिए जब धर्मिष्ठा उस युवक के साथ भागी तो संजय के लिए यह कोई हैरानी की बात नहीं थी।

2 दिन बाद खुद ही धर्मिष्ठा वापस आ गई। तब संजय ने उसे फिर कभी ऐसा न करने और ठीक से रहने के लिए समझाया था।

संजय के समझाने के बाद भी धर्मिष्ठा नहीं मानी। विवाह होने से लेकर हत्या होने तक धर्मिष्ठा उस युवक के साथ 6 बार भाग चुकी थी। भागने के बाद जब भी वह लौट कर आती, संजय उसे समझाता कि अब उसे ऐसा नहीं करना चाहिए, उसे अपने बच्चों और उनके भविष्य के बारे में सोचना चाहिए।

संजय पत्नी को बारबार समझाता, लेकिन उस पर उसके समझाने का कोई असर नहीं होता था। पिछले साल भी जब वह भागी थी और 3 दिन बाद वापस आई थी तो संजय जब उसे समझाने लगा था तो वह उससे लड़ने लगी थी।

हत्या से 20 दिन पहले भी संजय और धर्मिष्ठा के बीच झगड़ा हुआ था। तब धर्मिष्ठा ने कहा था कि एक दिन वह अपने बच्चों को लेकर प्रेमी के साथ चली जाएगी, उसी दिन संजय के मन में आया कि क्यों न वह ऐसी पत्नी को खत्म कर दे। इससे उसकी बारबार बदनामी तो नहीं होगी। उसके मरने के बाद उसके बच्चे भी उसके साथ रहेंगे।

मन में यह विचार आते ही वह पत्नी की हत्या की योजना बनाने लगा था। धर्मिष्ठा की हत्या कैसे करनी है, कब करनी है, कहाँ करनी है, इसके लिए क्या करना है, संजय ने पूरी प्लानिंग कर ली थी। अब उसे केवल धर्मिष्ठा की हत्या के लिए अपनी योजना पर अमल करना था।

संजय ने घटना को कैसे दिया अंजाम

25 जून, 2024 की दोपहर को संजय सचिन हजीरा हाईवे पर स्थित सचिन जीआईडीसी के गेट नंबर 2 के पास प्लास्टिक के ड्रम बेचने वाले कबाड़ी शकील के यहाँ पहुँचा। वहाँ उसने 8 सौ रुपए में 200 लीटर का प्लास्टिक का नीले रंग का एक ड्रम खरीदा, जिसे बाइक पर बांध कर अपने घर ले आया।

ड्रम लाने के एकाथ घंटे बाद वह बाइक लेकर पोलीग्राम सब्जी मंडी गया। वहाँ उसने एक हार्डवेयर की दुकान से साढ़े 3 सौ रुपए में सीमेंट की एक बोरी खरीदी। सीमेंट की बोरी को भी संजय बाइक से बांध कर घर ले आया।

ड्रम और सीमेंट की बोरी लाने के बाद संजय धर्मिष्ठा की हत्या के लिए मौका देखने लगा। 27 जून को गुरुवार था। संजय अपने घर में ही था। पौने 12 बजे के आसपास संजय की बेटी स्कूल चली गई। उसकी पत्नी धर्मिष्ठा, उसकी बड़ी बहन मंजुला और उसका बेटा निमित्त, सभी अपनी-अपनी नौकरी पर गए थे।

घटना की गंभीरता को देखते हुए एसएचओ बी.एल. पटेल ने पुलिस अधिकारियों को भी घटना की सूचना दे दी थी। सूचना मिलते ही डीसीपी राजेश परमार घटनास्थल पर आ पहुँचे। लाश और घटनास्थल का निरीक्षण करने के बाद पुलिस ने लाश को ड्रम सहित सिविल अस्पताल भिजवा दिया था।

संजय को लगा कि धर्मिष्ठा की हत्या करने का यही उचित मौका है। धर्मिष्ठा जिस कंपनी में नौकरी करती थी, वह वहाँ गया और घर की सीवर लाइन रिपेयरिंग करवाने के बहाने पत्नी को अपने साथ घर ले आया। उस समय दोपहर के लगभग 2 बज रहे थे।

संजय धर्मिष्ठा को लेकर घर पहुँचा तो धर्मिष्ठा ने एक बार फिर उससे कहा कि वह किसी दिन अपने दोनों बच्चों को लेकर अपने प्रेमी के साथ चली जाएगी।

धर्मिष्ठा के यह कहते ही संजय को गुस्सा आ गया। लिहाजा पति-पत्नी में झगड़ा होने लगा। उस समय थर्मिष्ठा गले में दुपट्टा लपेटे थी संजय अचानक उसके पीछे गया और दुपट्टे के दोनों छोर पकड़ कर एकदम से कस दिया। धर्मिष्ठा कुछ नहीं कर पाई। संजय थोड़ी देर तक उसी तरह दुपट्टे को कसे रहा। सांस रुकने से धर्मिष्ठा की मौत हो गई।

धर्मिष्ठा की लाश का क्या करना है, संजय ने पहले से ही इसकी तैयारी कर रखी थी। 25 जून को वह प्लास्टिक का जो ड्रम खरीद कर लाया था, उसमें धर्मिष्ठा की लाश को डाल कर ऊपर से नमक, सीमेंट, रेत, कंक्रीट का घोल डाल दिया। घर वालों को पता न चल सके, इसके लिए संजय ने ड्रम के ऊपर सफेद रंग की पॉलीथीन बांध दी।

शाम को जब वह घर आया, तब तक मंजुला, निमित्त और उसकी बेटी आ चुकी थी। धर्मिष्ठा घर में दिखाई नहीं दी तो मंजुला ने संजय से उसके बारे में पूछा। तब संजय ने कहा कि वह किसी के साथ भाग गई है। धर्मिष्ठा पहले भी कई बार भाग चुकी थी, इसलिए मंजुला ने संजय की बात पर विश्वास कर लिया।

धर्मिष्ठा की हत्या के बाद संजय ने लाश वाले ड्रम को उसी हालत में 2 दिनों तक घर में रखा रहने दिया। 29 जून, 2024 को उसके मन में लाश वाले ड्रम को ठिकाने लगाने का विचार आया। तब तक सीमेंट का घोल भी सेट हो चुका था। उसने अपने एक परिचित टैंपो ड्राइवर को फोन करके कहा कि उसके घर में एक ड्रम में बलि का सामान भर कर रखा है। उसे ले चल कर कहीं पानी में फेंकना है। इसलिए वह 4 मजदूर और टैंपो लेकर उसके घर आ जाए। संजय के फोन करने के बाद टैंपो ड्राइवर मजदूर और टेम्पो लेकर आया तो तीसरी मंजिल पर रहने वाले संजय ने मजदूरों और ड्राइवर की मदद से धर्मिष्ठा की लाश वाला ड्रम नीचे लाकर टैंपो में रख दिया। टैंपो पर रखे ड्रम में लाश है, यह संजय के अलावा किसी और को पता नहीं था।

संजय ने टैंपो ड्राइवर से टैंपो इकलेश गाँव के नहर वाले रोड पर ले चलने को कहा। टैंपो नहर वाले रोड पर पहुँचा तो भाडोदरा गाँव की सीमा पर रोड के किनारे पानी से भरे एक गड्ढे में ड्रम को फेंक दिया। ड्रम फेंकने

के बाद संजय ने एक हजार रुपए टैंपो का किराया तथा 200 रुपए प्रति मजदूर के हिसाब से 800 रुपए मजदूरी अदा कर दी।

पूछताछ के बाद डीसीपी राजेश परमार ने प्रेस कॉन्फ्रेंस आयोजित कर केस का खुलासा किया। संजय गोपाली ने पत्रकारों को भी धर्मिष्ठा की हत्या की पूरी कहानी सुनाई। इसके बाद पुलिस ने संजय को अदालत में पेश किया, जहाँ से उसे जेल भेज दिया गया।

▣

गर्लफ्रेंड के साथ दूसरी गर्लफ्रेंड की हत्या

❑ मुकेश तिवारी

बी. फार्मा की पढ़ाई करने वाला 23 वर्षीय गौरव सरकार अपनी सहपाठी 19 वर्षीया सैयद सारा अली से एकतरफा प्यार करता था। जबकि उसकी गर्लफ्रेंड 18 वर्षीय स्निग्धा मिश्रा नहीं चाहती थी कि गौरव सारा के करीब जाए। प्यार के इस मकड़जाल में इन तीनों में से एक की हत्या हो गई। आप भी जानें कि किसने रची हत्या की साजिश?

साजिश

अप्रैल महीने के आखिरी सप्ताह की 25 तारीख थी। गरमी चरम पर थी, जबकि शाम ढलने को हो आई थी। सैयद साबिर अली अपने घर लौटे आए थे। आते ही उन्होंने अपनी बेगम शबाना से पसीना पोंछने के लिए तौलिया माँगा। बेगम जब तौलिया और एक गिलास पानी लेकर आई तब उन्होंने देखा कि बेगम के चेहरे पर पसीने की बूंदें चमक रही हैं। चेहरे पर परेशानी के भाव साफ नजर आ रहे थे और चिंता झलक रही थी।

साबिर अली तपाक से पूछ बैठे, “क्या हुआ शबाना, काफी परेशान दिखाई दे रही हो? बाहर से आया मैं हूँ और पसीना तुम्हारे चेहरे पर?”

“बात ही कुछ ऐसी है," शबाना उदासी के साथ बोली।

“सब खैरियत तो है न!” साबिर अली चिंतित आवाज में बोले।

“खाक खैरियत होगी। आपकी लाडली सारा अभी तक कॉलेज से लौटकर नहीं आई है?” शबाना बोली।

“अरे आ जाएगी, इसमें इतना परेशान होने की क्या जरूरत है?” साबिर अली सहजता के साथ शांत भाव से बोले।

“...लेकिन उसका मोबाइल बंद आ रहा है। रोज तो छुट्टी होते ही दोपहर बाद वह घर आ जाती थी। इससे पहले ऐसा कभी नहीं हुआ कि वह इतनी देर तक घर से बाहर रही हो?” परेशान लहजे में शबाना बोली।

“अरे आ जाएगी, रास्ते में ट्रैफिक भी तो कम नहीं होता है... और फिर उसके साथ गौरव भी तो होगा। सारा का मोबाइल बंद है तो उससे पता कर लेती।” साबिर चेहरा पोंछते हुए तसल्ली के साथ बोले।

"हाँ, उसी के संग घूम रही होगी कहीं। फिर भी पता नहीं क्यों मेरा दिल घबरा रहा है।" शबाना चिंता जताती हुई बोली।

"तुम बिलकुल भी घबराओ नहीं, थोड़ी देर और इंतजार कर लो, सारा आ जाएगी।" साबिर बोले और इत्मीनान से पानी पीने लगे।

चिंतित शबाना कमरे में चहलकदमी करने लगी। वह बार-बार दीवार पर टँगी घड़ी पर नजर दौड़ाने के साथ ही खिड़की से सड़क की तरफ टकटकी लगा कर देखने लगी। शबाना को अपनी बेटी सारा के लौटने का बेसब्री से इंतजार था। कुछ समय में अंधेरा भी घिर आया...

रात हो गई... और देर रात तक जब सारा घर नहीं लौटी, तब साबिर अली समेत परिवार के सभी सदस्य बेहद चिंतित हो गए, सभी की चिंता बढ़ती जा रही थी। वे समझ नहीं पा रहे थे कि क्या किया जाए? रात में सारा की तलाश कहाँ की जाए?

इंदौर के चंदन नगर में रहने वाले सैयद साबिर अली इसी उधेड़बुन में पहले बेटी के एक्रोपोलिस कॉलेज गए, जहाँ से वह बी. फार्मा की पढ़ाई कर रही थी। कॉलेज में सिर्फ चौकीदार मिला। उससे सारा के बारे में कोई खास जानकारी नहीं मिल पाई। ऐसी स्थिति में वह निराश होकर घर लौट आए।

घर आकर साबिर ने बीवी से उसके साथ पढ़ने वाली लड़कियों के बारे में मालूम किया। बीवी को ही उनसे बात करने को कहा। सारा की सहेलियों से ही सारा के उस दिन की गतिविधियों के बारे में थोड़ी जानकारी मालूम हुई।

उनसे मालूम हुआ कि सारा दोपहर में 3 बजे ही कॉलेज से चली गई थी। फिर तो उसे ज्यादा से ज्यादा 4 बजे तक घर पर पहुँच जाना चाहिए था। इस जानकारी से सारा को तलाशने में कोई खास मदद नहीं मिली, जबकि वह अगले दिन सुबह होने तक घर नहीं पहुँची थी।

शबाना अपने बेटे के साथ आसपास के घरों से लेकर बेटी की सहेलियों और गौरव के घर तक गई, लेकिन सारा का कहीं पता नहीं चल पाया। दिन गुजरने के साथ-साथ सारा के लापता होने की खबर इंदौर के चंदन नगर में उसके जानने वाले तमाम लोगों के बीच फैल गई।

सैयद सारा अली के परिवार से सहानुभूति रखने वाले लोग भी उसे ढूंढने में जुट गए। वह कॉलेज से कहाँ चली गई, इस बात को कोई नहीं जानता था। किसी को अंदाजा नहीं लग पा रहा था कि आखिरकार उसके साथ हुआ क्या है।

आखिर सारा गई तो गई कहाँ!

जवान बेटी के रहस्यमय परिस्थितियों में गायब होने से साबिर का परिवार बहुत परेशान था। शबाना का बेटी के इंतजार में रो-रो कर बुरा हाल था। हर आहट पर वह दरवाजे की तरफ देखने लगती थी। पूरी रात और दिन परेशानी में गुजरी थी। चारों ओर पता कर जब साबिर और उनका परिवार थक गया, तब वे 26 अप्रैल की सुबह 10 बजे के करीब शिप्रा थाने गए, एसएचओ बृजेंद्र सिंह को सारी बात बता कर उन्होंने बेटी की गुमशुदगी की तहरीर सौंप दी।

सैयद सारा अली की गुमशुदगी दर्ज करके पुलिस अपनी कार्रवाई में जुट गई थी। पुलिस ने अनुमान लगाया कि सारा अपने परिचित या रिश्तेदार के घर चली गई होगी, लेकिन पुलिस का यह अनुमान गलत साबित हुआ। उसके बाद मामला रंजिश का होने की आशंका जताई गई। पुलिस ने साबिर और उसकी पत्नी शबाना से इस बारे में पूछताछ की। उन्होंने किसी से भी दुश्मनी या रंजिश होने की बात से इनकार कर दिया। उन्होंने बताया कि उनकी कभी भी किसी से तू-तू मैं-मैं तक नहीं हुई।

पुलिस समझ गई कि सारा के लापता होने का राज गौरव और स्निग्धा से मालूम हो सकता है। गौरव के बारे में उसके घरवालों से कोई ठोस जानकारी नहीं मिल पाई थी। 10 जुलाई, 2024 को गौरव को तब पुलिस ने गिरफ्तार कर लिया, जब वह नासिक के एक रेस्टोरेंट में वेटर का काम कर रहा था।

इस जानकारी से पुलिस उलझन में पड़ गई। अंत में पुलिस ने सारा का किसी के साथ प्रेम संबंध के बारे में पूछा। इस बारे में भी साबिर और शबाना ने सिरे से इनकार कर दिया, उन्होंने यहाँ तक कहा कि उनकी बेटी निहायत ही शरीफ है। उसे पढ़ाई के अलावा और बातों में जरा भी दिलचस्पी नहीं है।

सैयद सारा अली के बारे में घरवालों से मिले संतोषजनक जवाब के बाद पुलिस ने अपने स्तर से उसकी तलाशी की योजना बनाई। घरवालों से उसका फोटो लेकर सभी थानों में भिजवा दिया। सारा के बारे में कोई सूचना कहीं से भी नहीं मिली, जबकि उसकी गुमशुदगी के 20 दिन गुजर चुके थे।

पुलिस सारा के बारे कुछ भी पता लगाने में असफल थी। पुलिस से लेकर परिवार के लोगों के सामने सबसे बड़ा सवाल था कि सारा आखिर गई तो कहाँ गई। ऐसी स्थिति में सारा के घरवालों की निराशा बढ़ती जा रही थी और वे पुलिस पर नाराजगी भी जताने लगे थे।

आखिरकार उन्होंने 15 मई, 2024 को एडवोकेट मुजाहिद मंसूरी के माध्यम से माननीय हाईकोर्ट में एक याचिका दायर कर दी। तब तक गुमशुदगी का यह मामला बहुचर्चित हो चुका था। कोर्ट में इस मामले की 28 मई को पहली सुनवाई हुई।

हाईकोर्ट ने कड़ा रुख अपनाते हुए पुलिस को विधिवत नोटिस जारी कर सारा गुमशुदगी मामले में प्रगति रिपोर्ट माँगी। एसएचओ प्रगति रिपोर्ट प्रस्तुत नहीं कर पाए। इस स्थिति में मामले की सुनवाई की अगली तारीख 3 जुलाई तय कर दी गई।

इस तारीख को जब सुनवाई हुई, तब हाईकोर्ट ने शिप्रा थाने के एसएचओ को कड़ी फटकार लगाई। साथ ही यह मामला वरिष्ठ अधिकारी को ट्रांसफर करने की बात कहते हुए सारा को ढूंढने के लिए पुलिस को 2 सप्ताह की मोहलत दी।

पुलिस के लिए मामला पेचीदा होने के साथ-साथ चुनौती भरा बन चुका था। सारा के लापता हुए करीब 2 माह से अधिक का समय बीत जाने के बाद भी सैयद सारा अली का कहीं भी कोई सुराग का न मिलना, चिंता का एक बड़ा कारण बन चुका था। पुलिस अब इस संशय में थी कि सारा जिंदा भी है, या नहीं?

पुलिस अब इसी नजरिए से उसकी जाँच-पड़ताल में जुट गई थी। एसपी(देहात) सुश्री हितिका वासल इस मामले को लेकर काफी गंभीर हो गई थीं।

उन्होंने अपने अधीनस्थ अधिकारियों को बुलाकर जल्द से जल्द इस मामले को निपटाने के सख्त निर्देश दिए, यह मामला सिर्फ हाईकोर्ट ही नहीं, बल्कि स्थानीय अखबारों और न्यूज चैनलों में आने के कारण काफी चर्चा में आ गया था। इससे पुलिस की काफी छीछालेदर होने लगी थी।

इस बाबत रूपेश द्विवेदी एडीशनल एसपी (देहात) ने शिप्रा थाना पुलिस को सारा की सुरागसी में लगा दिया था। एसपी (देहात) और एडीशनल एसपी (देहात) ने नये सिरे से जाँच के तमाम बिंदुओं पर विचार-विमर्श किया।

ऐसे लोगों की फेहरिस्त तैयार करवाई, जिनका सारा के घर थोड़ा भी आना-जाना था। इसमें एक नाम गौरव सरकार का सामने आया। पुलिस को पता चला कि यह भी सारा के साथ एक्रोपोलिस कॉलेज से बी. फार्मा की पढ़ाई कर रहा था। वह अक्सर सारा के पास आता रहता था। वह सारा के अलावा परिवार के सभी सदस्यों से घुलामिला था।

उसके बाद से जाँच गौरव को लक्ष्य बना कर की जाने लगी। पुलिस उसके घर गई। उसके बारे में घरवालों से पूछताछ की। उन्होंने बताया कि वह नौकरी के सिलसिले में शहर से बाहर गया है।

पुलिस ने घरवालों से गौरव का मोबाइल नंबर लिया, लेकिन उसे कॉल कर बात करना जरूरी नहीं समझा। पुलिस ने पहले उसके फोन नंबर की कॉल डिटेल्स के साथ-साथ पिछले 2 महीनों की लोकेशन रिपोर्ट निकलवाई। इस आंकड़े का विश्लेषण करने के बाद पता चला कि सैयद सारा अली के लापता होने वाले दिन गौरव की सारा और स्निग्धा मिश्रा से कई बार बातें हुई थीं। इस जाँच में यह भी पता चला कि सारा के लापता होने वाले दिन सारा, गौरव और स्निग्धा के फोन की लोकेशन एक साथ ही थी, शाम 4 बजे तक उन तीनों की लोकेशन महू के हरसोला फाटा के जंगल में पाई गई। इसके बाद सारा का मोबाइल फोन स्विच्ड ऑफ हो गया था।

सहपाठी क्यों आए शक के घेरे में

पुलिस समझ गई कि सारा के लापता होने का राज गौरव और स्निग्धा से मालूम हो सकता है। उनसे पूछताछ के लिए हिरासत में लेने की तैयारी की गई। गौरव के बारे में उसके घरवालों से कोई ठोस जानकारी नहीं मिल पाई थी। पुलिस ने 10 जुलाई, 2024 को गौरव को तब गिरफ्तार कर लिया, जब वह नासिक के एक रेस्टोरेंट में वेटर का काम कर रहा था।

इसी तरह से स्निग्धा को पिपल्याहान स्थित उसके घर से हिरासत में ले लिया। पुलिस ने उन दोनों से कई घंटों तक पूछताछ की। उनसे सारा के बारे में घुमा-फिराकर कई सवाल किए गए, उन्होंने भी हर सवाल का जवाब घुमा-फिराकर दिया।

उनकी बातों से पुलिस ने महसूस किया कि ये दोनों सारा के बारे में कुछ अधिक बताने से कतरा रहे हैं। जबकि कई बातों से पुलिस ने अनुमान लगा लिया था कि उनकी सारा से अच्छी और गहरी जान-पहचान थी। पुलिस इतना जरूर समझ गई कि दोनों बेहद ही शातिर हैं।

फिर क्या था, पुलिस ने सीधे-सीधे गौरव और स्निग्धा पर सारा की गुमशुदगी में उनका हाथ होने का आरोप लगा दिया। जब उन पर कानूनी धाराएँ लगा कर उनके खिलाफ कार्रवाई करने की बात कही गई, तब वे घबरा गए, उनकी ज़ुबान खुलवाने का तरीका काम कर गया।

दोनों समझ गए अब पुलिस से ज्यादा देर तक सच छिपाया नहीं जा सकता। दोनों ने पुलिस के सामने घुटने टेक दिए और सच उगल दिया। उन्होंने जो बताया वह बेहद चौंकाने वाला था। उन्होंने कहा, "सैयद सारा अली अब इस दुनिया में नहीं है।"

यह सुन कर पुलिस अधिकारी चौंक गए, उन्हें अपने कानों पर यकीन नहीं हो रहा था। उन्होंने दोनों से पूछा, "क्या हुआ उसके साथ? कब हुई घटना? उसमें किस-किस की क्या भागीदारी थी? क्यों ऐसा किया गया सारा के साथ? उसकी लाश कहाँ है?"

पुलिस ने इस तरह के कई सवालों के जवाब जानने के लिए दोनों से लंबी पूछताछ की। गौरव ने बताया कि उसने स्निग्धा के साथ मिल कर सारा की हत्या कर दी थी।

स्निग्धा उसकी गर्लफ्रेंड है। एक समय में सारा उसकी प्रेमिका हुआ करती थी और उसकी सहपाठी थी। सारा को मार कर उन्होंने ही उसकी लाश मह्रू क्षेत्र के हरसोला के जंगल में फेंक दी थी।

अपना अपराध कुबूल करने के बाद गौरव ने परत-दर-परत सारा की हत्या का राज खोल दिया कि उसने कैसे उसे मौत के घाट उतारा। कैसे उसकी गर्लफ्रेंड स्निग्धा ने इस काम में उसका सहयोग किया। गौरव के इस बयान के आधार पर एसएचओ ने सारा सैयद (19) की गुमशुदगी के प्रकरण को हत्या में तब्दील कर गौरव सरकार और स्निग्धा मिश्रा को नामजद कर हत्या कर लाश छिपाने के आरोप में रिपोर्ट दर्ज कर ली।

हत्या के 78 दिनों बाद पुलिस को अहम सुराग मिला। पुलिस दोनों आरोपियों गौरव सरकार और स्निग्धा मिश्रा को लेकर हरसौला फाटा के जंगल इलाके में गई, जहाँ करीब 18 घंटे तक चले सर्च ऑपरेशन के बाद पुलिस को बाल, मानव हड्डियां, और एक ब्रेसलेट बरामद हुआ।

पुलिस को सारा का शव तो नहीं मिला लेकिन दोनों आरोपियों गौरव सरकार(23) और उसकी गर्लफ्रेंड स्निग्धा मिश्रा(18) की निशानदेही पर मह्रू क्षेत्र के हरसोला के जंगल में सघन तलाशी अभियान चलाकर सारा के शव की हड्डियां, बाल, कपड़ों के कुछ टुकड़े और ब्रेसलेट के अलावा हत्या में इस्तेमाल किए गए चाकू को बरामद करने में सफलता हासिल कर ली।

गौरव द्वारा अपनी सहपाठी से मोहब्बत की बुनियाद पर रची गई उसकी हत्या की खतरनाक साजिश की पूरी कहानी इस प्रकार सामने आई -

सैयद साबिर अली मध्य प्रदेश के शहर इंदौर के चंदन नगर में अपनी बीवी शबाना बी और 2 बच्चों के साथ रहते थे। बच्चों में बड़ी बेटी का नाम सैयद सारा अली और बेटा सैयद जावेद अली(बदला नाम) थे। साबिर छोटे से परिवार के साथ वह हँसी-खुशी से रह रहे थे।

साबिर अपने बच्चों को अच्छी तालीम देना चाहते थे। वह चाहते थे कि उनके दोनों बच्चे पढ़-लिखकर लायक बन जाएँ। यही कारण था कि उन्होंने बेटी सारा को उसकी मरजी के मुताबिक आजादी दी थी। उसके पसंद की पढ़ाई करवाने के लिए कॉलेज में नाम लिखवा दिया था। वह इंदौर-देवास बाईपास स्थित एक्रोपोलिस कॉलेज से बी. फार्मा की पढ़ाई कर रही थी। इसी कॉलेज से गौरव सरकार भी बी. फार्मा कर रहा था।

गौरव दोस्ती को प्यार समझने की कर बैठा भूल

दोनों की मुलाकात और जान-पहचान की शुरुआत कॉलेज की कैंटीन से हुई थी। गौरव ने सैयद सारा अली को एक बार क्या देखा, उस पर रीझ गया था। उसकी खूबसूरती उसे भा गई थी। उसके बात करने के लहजे में उर्दू जुबान का वह कायल हो गया था।

जब वह बातें करती थी, तब गौरव को ऐसा महसूस होता था, जैसे पुराने जमाने की कोई फिल्म की हीरोइन हो। हर बात नपे-तुले अंदाज में अदाकारी के साथ करती थी। साधारण कपड़ों में भी उसका ग्लैमर निखर कर सामने आ जाता था।

जल्द ही दोनों के बीच गहरी दोस्ती हो गई और वह सारा से प्रेम करने लगा। सारा उससे प्रेम करती थी या नहीं, इसका गौरव को पता नहीं था। सारा एक बिंदास स्वभाव की लड़की थी। उस पर पढ़ाई का भूत सवार रहता था। इस बारे में किसी से भी बातें करने से नहीं हिचकती थी। यही कारण था

कि कॉलेज के सीनियर छात्रों से भी उसने जान-पहचान कर ली थी। उसे लोगों से संपर्क बनाना बहुत अच्छा लगता था।

गौरख मन ही मन में सारा से मोहब्बत करने लगा था, जबकि सारा प्यार-मोहब्बत की बातों से बेखबर थी। हाँ, गौरव की हर बात का जवाब हँस कर जरूर देती थी। उसके चेहरे पर मुसकान फैली रहती थी।

एक बार उसने गौरव को अपनी अम्मी और अब्बू से मिलवा दिया था। सारा के अब्बू अम्मी ने गौरव और सारा की दोस्ती को प्रोफेशनल पढ़ाई के लिए जरूरी समझा और उनकी जान-पहचान पर जरा भी ऐतराज नहीं किया। उलटे उन्होंने गौरव से कहा कि कॉलेज में वह सारा का ध्यान रखा करे।

गौरव को क्यों चुभी सारा की तल्खी

इसके बाद तो गौरव सारा पर अपना अधिकार कुछ अधिक ही जताने लगा। बात-बात पर उसे टोकने लगा और अच्छे-बुरे का सबक देने लगा। एक बार तो गौरव ने हद ही कर दी। उसने कैंटीन में सारा को कोने की एक टेबल पर अजीम नाम के स्टूडेंट के साथ बैठे देख लिया था। वह उसके साथ-साथ हँस-हँस कर बातें कर रही थी। गौरव ने महसूस किया कि सारा उसे देख कर भी अनदेखा कर रही है। गौरव उस वक्त चुपचाप वहाँ से चला आया।

उस रोज क्लास खत्म होने के बाद जब सारा घर जाने को हुई, तब गौरव ने उसका क्लास रूम के बाहर लंबे बरामदे में रास्ता रोक लिया और सीधा सवाल दाग दिया, “क्यों, अब तुमने यह नया बॉयफ्रेंड बना लिया है?”

“क्या फिजूल की बातें कर रहे हो?” सारा ने भी तपाक से उल्टा सवाल कर दिया।

बोलने लगी, “बिना कुछ जाने समझे तुम कुछ भी बोलोगे? आखिर तुम होते कौन हो मुझ यह पूछने वाले?”

गौरव को जरा भी उम्मीद नहीं थी कि सारा उसके साथ इतनी तल्खी से बात करेगी और उसी से सवाल कर बैठेगी। वह सन्न रह गया। आगे कुछ नहीं बोल पाया और पैर पटकता हुआ चला गया। सारा भी चुपचाप अपने घर आ गई।

घर आते ही उसने अम्मी से खाना लगाने को कहा। शबाना ने भी कह दिया, “बेटा, आ गई! जाओ, हाथमुँह थो लो, खाना लगा देती हूँ। आज मैंने तुम्हारे पसंद की सब्जी पकाई है।”

सारा चुपचाप अपने कमरे में चली गई। पीछे-पीछे अम्मी भी आ गई, “सारा, क्या बात है, तुम्हारा गौरव से झगड़ा हुआ है क्या? वह फोन पर तुम्हारे अब्बू को कुछ बता रहा था, तुम्हारे बारे में!”

“अरे कुछ नहीं अम्मी, वह नहीं चाहता है कि मैं अपने सीनियर से जान-पहचान रखूं आज उसने मुझे एक सीनियर के साथ देख लिया था। उसी के बारे में अब्बू से मेरी शिकायत की होगी।”

“अरे, शिकायत नहीं की है। उसका कहना था कि उसे जो भी जरूरत हो उसे बताए वह पूरी कर देगा।” अम्मी बोली।

“वह क्यों करेगा? वह कौन है मेरा? कोई रिश्तेदार है क्या? उससे दोस्ती को लेकर सहेलियां मुझे ही उसके हिंदू होने का ताना मारती हैं और

वह भी नहीं चाहता है कि मैं किसी अपने धर्म के लड़के से जान-पहचान बनाऊं।" सारा बिफर गई।

"कोई बात नहीं बेटा, होता है यह सब! मैं गौरव को समझा दूंगी। चलो, हाथमुँह धोकर खाना खा लो।" शबाना बोली।

उस दिन सारा का मूड बिगड़ा रहा। वह अगले दिन कॉलेज नहीं गई। 2 दिनों बाद कॉलेज गई। उस रोज गौरव कॉलेज नहीं आया था, लेकिन उसकी दूसरी दोस्त स्निग्धा मिश्रा ने उसे गौरव के कॉलेज नहीं आने की जानकारी दी। यह भी बताया कि गौरव उससे नाराज चल रहा है।

गौरव की बात आते ही सारा नाराज हो गई। उसने नाराजगी दिखाते हुए कह दिया, "वह कौन होता है मुझसे नाराज होने वाला? मुझ पर धौंस दिखाने वाला?... और तुम कौन हो, जो मुझसे उसकी तरफदारी कर रही हो?"

सारा के इस रूप को देखकर स्निग्धा सकपका गई। दरअसल, गौरव अगर सारा को चाहता था और उनके बीच एकतरफा प्रेम पनप चुका था तो स्निग्धा भी गौरव से प्यार करने लगी थी। वह इंदौर के ही एक कॉलेज के प्रोफेसर की बेटी थी और गौरव की सहपाठी हुआ करती थी। दोनों कॉलेज में साथ पढ़ते थे।

किसी कारणवश गौरव को उस कॉलेज से निकाल दिया गया था। इसके बाद उसने बाईपास स्थित इस कॉलेज में दाखिला लिया था, जहाँ उसकी मुलाकात सारा से हुई थी। स्निग्धा को जब सारा के प्रति गौरव का झुकाव दिखा, तब वह भीतर ही भीतर जल-भुन गई थी।

सारा को पसंद नहीं थी गौरव की दखलअंदाजी

दूसरी तरफ गौरव को सैयद सारा अली का दूसरे लड़कों से मिलना जुलाना पसंद नहीं था। वह इसका विरोध जताने लगा और उसे एहसास दिलाने की कोशिश भी करने लगा कि वही उसका सच्चा प्रेमी है। इस पर सारा ने एक बार साफ लहजे में कह दिया था कि उनके धर्म अलग-अलग हैं। उनके बीच दोस्ती हो सकती है, प्रेम संबंध कतई नहीं हो सकते। उनके प्रेम को दोनों के समाज और परिवार वाले पसंद नहीं करेंगे।

यह सच भी था। दोनों के सामाजिक स्तर में जमीन-आसमान का अंतर था, इसके अलावा वे अलग-अलग धर्मों से भी थे। कहने को तो सारा की अम्मी शबाना खुल कर सारा की गौरव से दोस्ती का विरोध नहीं करती थी, लेकिन गौरव की हरकतों को देखकर वह उस पर नजर रखने लगी थी। उसने यह बात अपने भाई करामत अली और बहन अफसाना को भी बता दी थी। वे सारा पर नजर रखने लगे थे।

उन्होंने सारा से सीधे तौर पर तो कुछ नहीं कहा, लेकिन इशारों से जरूर समझा दिया था कि उसका गौरव से अधिक मिलना ठीक नहीं है। सारा माँ का इशारा समझ भी गई थी। यही वजह थी कि उसने गौरव से मिलना-जुलना कम कर दिया था।

वह जब भी गौरव से मिलती तो काफी सावधानी बरतती थी। सारा के मामा ने भी सारा को समझाया और गौरव को मर्यादा में रहने की नसीहत दे दी। गौरव सारा के मामा की नसीहत से और भी तिलमिला गया। गौरव पर इश्क का भूत सवार हो चुका था। ऐसे में सारा की बेरुखी ने उसे भीतर से जख्मी कर दिया था। उसे सारा का कॉलेज के किसी लड़के से बातचीत करना एकदम अच्छा नहीं लगता था।

एक वक्त आया जब गौरव और सारा के बीच बातचीत भी बंद हो गई। इसके बाद जब गौरव ने सारा को कॉलेज के लड़कों के साथ सिर्फ बातचीत करते ही नहीं, बल्कि पार्क में घूमते हुए देखा, इससे उसका गुस्सा सातवें आसमान पर जा पहुँचा।

स्निग्धा क्यों हुई खूनी योजना में शामिल

23 अप्रैल, 2024 को तो इस बात को लेकर गौरव कई घंटों तक बेचैन रहा। दिमाग में अजीब तरह की खलबली मची हुई थी। आखिरकार अपने मन की बात उसने स्निग्धा को बताई कि उसने सारा को लेकर क्या योजना है? स्निग्धा पहले से ही सारा को मन ही मन गौरव के दिलोदिमाग से निकालना चाहती थी। वह गौरव की योजना सुन कर खुश हो गई। इतना ही नहीं, वह उसका साथ देने को तैयार हो गई।

अपनी योजना को अंजाम देने के लिए गौरव ने 25 अप्रैल की सुबह सारा के मोबाइल पर कॉल किया। उस वक्त सारा अपने कमरे में गहरी नींद में थी। सारा ने आधी नींद में ही फोन का डिसप्ले देखे बगैर कॉल रिसीव कर ली।

"सारा, मैं गौरव बोल रहा हूँ।"

गौरव की आवाज सुनते ही सारा झल्ला गई। नाराजगी के साथ बोल पड़ी, "इतनी सुबह-सुबह तुमने मुझे फोन क्यों किया? कान खोलकर सुन लो, मैं तुमसे अब किसी तरह के ताल्लुकात नहीं रखना चाहती।"

गौरव उसकी बातों को नजरंदाज करते हुए बोलने लगा, "सारा, आज के बाद तुम पर किसी तरह का शक नहीं करूँगा... किसी से भी बातचीत करने पर डांट-फटकार नहीं लगाऊँगा...और कोई धमकी नहीं दूँगा..."

यह सुन कर सारा थोड़ी शांत हुई। सामान्य आवाज में बोली, “चलो अच्छा है, तुमको अक्ल आ गई। तुम में इतनी तो समझ आ गई कि दूसरों की जिंदगी में दखल नहीं देनी चाहिए।”

इसी के साथ गौरव ने सारा से माफी माँग ली। नरमी दिखाते हुए सारा ने गौरव को माफ कर दिया। फिर उनके बीच कॉलेज, पढ़ाई, दोस्तों आदि की बातें होने लगीं। काफी समय तक बातें होती रहीं। बातचीत के सिलसिले में गौरव ने महू घूमने का प्रस्ताव रख दिया। न जाने क्या सूझी सारा ने भी हामी भर दी।

उस रोज वह बहुत खुश थी। तय प्रोग्राम के मुताबिक 25 अप्रैल, 2024 की दोपहर 3 बजे भाड़े की कार लेकर गौरव सारा को लेने एक्रोपोलिस कॉलेज पहुँच गया था। सारा उसकी राह देख रही थी। सारा चहकती हुई कार में बैठ गई।

इसके बाद गौरव तय कार्यक्रम के मुताबिक अपनी गर्लफ्रेंड स्निग्धा मिश्रा को लेने पिपल्याहान स्थित उसके घर गया। उसे भी कार में अपने साथ बैठा कर महू में जंगल की तरफ निकल पड़े। अपनी योजना को कामयाब बनाने के लिए गौरव ने सारा का मोबाइल स्विच्ड ऑफ करवा दिया।

सुनसान इलाके में कार खड़ी की और मौका देखकर गौरव की गर्लफ्रेंड स्निग्धा ने सैयद सारा अली के हाथ पीछे से पकड़ लिए, तभी गौरव ने उसका गला दबा दिया। जब उसे लगा कि वो ऐसे नहीं मरने वाली है तो गौरव ने साथ लाए चाकू से उसका गला भी रेत दिया। उसके बाद सारा के शव को एक बोरी में भरकर महू क्षेत्र के हरसौला के जंगल में झाड़ियों में फेंक दिया।

हत्या के 78 दिनों बाद पुलिस को अहम सुराग मिला। पुलिस दोनों आरोपियों गौरव सरकार और स्निग्धा मिश्रा को लेकर हरसौला फाटा के जंगल इलाके में गई। उनकी निशानदेही पर पुलिस ने उस स्थान की

छानबीन की, जहाँ उन्होंने शव फेंका था। करीब 18 घंटे तक चले सर्च ऑपरेशन के बाद पुलिस को मानव हड्डियां, बाल और एक ब्रेसलेट बरामद हुआ।

कथा लिखे जाने तक हड्डियों की डीएनये जाँच होनी बाकी थी, लेकिन दूसरे बरामद अवशेष सारा के ही थे। आगे की जाँच के लिए पुलिस ने दोनों आरोपियों को पुलिस रिमांड पर लिया। उनसे कुछ और सबूत हासिल किए।

विस्तार से पूछताछ करने के बाद पुलिस ने दोनों आरोपियों गौरव सरकार और उसकी प्रेमिका स्निग्धा मिश्रा को कोर्ट में पेश कर जेल भेज दिया।

▣

हसीन ने क्यों की 3 हत्याएं

❑ जगदीश प्रसाद शर्मा 'देशप्रेमी'

तलाकशुदा रेशमा के साथ हसीन लिव-इन रिलेशन में रह कर खुश था। रेशमा को भी उस से कोई शिकायत नहीं थी। इसी दौरान एक दिन कूड़े के ढेर पर रेशमा और उस की दोनों बेटियों की लाशें मिलीं। आखिरी किसने कर दी इन तीनों की हत्या?

हसीन

पुलिस ने भी महसूस किया कि दुर्गंध कूड़े के ढेर से ही आ रही है। पुलिस वाले वहाँ जाँच-पड़ताल करने लगे। उनकी नजर पास में पड़े 2 प्लास्टिक के थैलों पर गई। निश्चित तौर पर दुर्गंध उन्हीं से आ रही थी। उनकी जाँच की गई तो उनमें 2 बच्चों की सड़ी लाशें थीं। पुलिस वालों का माथा ठनका! वे आसपास और भी सघनता से जाँच-पड़ताल करने लगे। उन्हें वहीं कूड़े के ढेर में फॉम के गद्दे से ढंका एक महिला का शव भी मिला।

महिला समेत 2 बच्चों की लाशें मिलने पर पुलिस महकमे से लेकर पूरे इलाके में हड़कंप मच गया था। घटनास्थल पर देहरादून की कोतवाली पटेल नगर के कई पुलिसकर्मी पहुँच चुके थे। उनमें कोतवाल कमल कुमार लुंठी भी थे। उन्होंने इसकी सूचना एसएसपी (देहरादून) अजय सिंह समेत सीओ अनिल कुमार जोशी को दे दी थी।

वहाँ आने वाले पुलिस अधिकारियों में एसएसआई मनमोहन नेगी भी थे। नेगी और लुंठी ने घटनास्थल का निरीक्षण करने के दौरान पाया कि इस इलाके में आम लोगों का आना-जाना बहुत कम होता है। लाशें ब्लूडार्ट कुरिअर कंपनी के थैले में डाल कर लाई गई थीं।

पेट्रोल पंप से कुछ दूरी पर 25 जून, 2024 को शाम के समय एक सूखे नाले के पास की सड़क पर गुजरते हुए लोग बहुत ही असहज महसूस कर रहे थे। कारण, वहाँ फैली तेज दुर्गंध थी। लोग परेशान थे। हर कोई पहले इधर-उधर नजर दौड़ाता था, फिर नाक-मुँह बंद कर कूड़े के ढेर के पास पहुँच कर तेजी से आगे बढ़ जाता था। उस सड़क पर वैसे तो कारें व बाइक तेजी से गुजर रही थीं, मगर पैदल चलने वाले कुछ लोगों ने महसूस किया कि दुर्गंध कूड़े के ढेर से आ रही है।

वह सड़क जंगली क्षेत्र से गुजरती है, जहाँ अक्सर जंगली जानवर गुलदार, आवारा कुत्तों के अलावा जहरीले सांप भी घूमते रहते थे। उस रोज इस क्षेत्र में फैली दुर्गंध असहनीय हो गई थी। वहाँ से गुजरने वाले लोगों को सांस लेनी दूभर हो गई थी। इसी बीच किसी ने इसकी सूचना फोन द्वारा पुलिस कंट्रोल रूम को दे दी। सूचना पाते ही पुलिस कंट्रोल रूम की गाड़ी मौके पर पहुँच गई। कूड़े के ढेर पर एक महिला व 2 बच्चियों के शव मिले।

घटनास्थल का निरीक्षण करने के दौरान ही सूचना मिलने पर सीओ अनिल कुमार जोशी, फील्ड यूनिट टीम, पुलिस चौकी (आईएसबीटी) प्रभारी विजय प्रताप राही तथा एसओजी प्रभारी चंद्रभान अधिकारी भी वहाँ पहुँच चुके थे। सभी ने घटनास्थल की गहनता से जाँच-पड़ताल की।

जाँच की कार्रवाई निपटाने के बाद पुलिस ने स्थानीय लोगों से शवों की शिनाख्त कराने की कोशिश की, किंतु उनकी पहचान नहीं हो पाई। लाशों की हालत देख कर इतना तो तय था कि उनकी हत्या कहीं और की गई थी। अंत में तीनों शवों को पोस्टमार्टम के लिए भेज दिया गया।

इस हत्याकांड के खुलासे के लिए एसओजी प्रभारी चंद्रभान अधिकारी की टीम को भी पटेल नगर पुलिस के साथ लगा दिया गया। लाशें जिस ब्लूडार्ट कुरिअर कंपनी के थैले में मिली थीं, पुलिस उस कुरिअर कंपनी के ऑफिस गई, लेकिन वहाँ से कोई सुराग नहीं मिला। इसके अलावा पुलिस टीमों ने आस-पास के थानों समेत सीमावर्ती जिलों सहारनपुर, बिजनौर व मुजफ्फरनगर जिले के थानों से संपर्क कर महिला और 2 लड़कियों के लापता होने की भी जानकारियां जुटाने की शुरुआत कर दी।

बरामद लाश वाले थैले में ही महिला और बच्चों के कपड़े समेत अन्य सामान भी था। उसी के अंदर बैंगनी रंग का एक छोटा पर्स भी था। पर्स में नहटौर, बिजनौर से देहरादून की उत्तर प्रदेश परिवहन निगम की बस का टिकट मिला। टिकट एक बालिग और एक नाबालिग का था।

पहली मुलाकात में ही रेशमा ने उसे अपनी घरेलू परेशानी बताते हुए आजीविका की समस्या के लिए मदद माँगी। हसीन उस की हर संभव मदद के लिए तैयार हो गया। उसके बाद दोनों की फोन पर बातें होने लगीं। धीरे-धीरे ये बातें मोहब्बत में बदल गईं।

उत्तर प्रदेश परिवहन निगम के टिकट के आधार पर पुलिस ने पहले बस का पता लगाया और फिर उस बस के कंडक्टर व ड्राइवर से पूछताछ की तो पता चला कि मिले शव का हुलिया उन यात्रियों से मेल खाता है, जो वारदात वाले दिन बस से बिजनौर से देहरादून आए थे।

घटनास्थल के पास स्थित टिंबर फैक्ट्री में पुलिस को कुरिअर कंपनी का वैसा ही नीले रंग का बैग मिला, जैसा बरामद लाश वाला बैग था। इस बारे में पुलिस ने फैक्ट्री में काम करने वाले कर्मचारियों से पूछताछ की।

उनसे मिली जानकारियों में एक अहम जानकारी वहाँ काम करने वाले एक कर्मचारी हसीन के बारे में भी थी। वह नहटौर का रहने वाला था। उसके नहटौर से होने के बारे में सुनते ही पूछताछ कर रही पुलिस चौंक गई। उन्हें पर्स से मिला टिकट भी नहटौर से था। इसके बाद पुलिस नहटौर पहुँची और जाँच की कड़ियां आपस में जुड़ती चली गईं।

हसीन के इस हत्याकांड से जुड़े होने का संदेह तब और गहरा हो गया जब महिला का शव फैक्ट्री में रखे फॉम के गद्दे में पैक होने का सबूत मिला। वह कूड़े के ढेर में दबा दिया गया था।

दोनों लड़कियों के शव बैग में कूड़े के ढेर पर फेंके गए थे, जो पहले दिन ही मिल गए थे, जबकि महिला का शव अगले दिन मिला था। लड़कियों की

लाशें 25 जून, 2024 की शाम को बरामद हुई थीं। इसके करीब 18 घंटे बाद अगले रोज दोपहर महिला का शव मिला था।

26 जून, 2024 को एसओजी टीम को बिजनौर जिले के अंतर्गत नहटौर थाने से एक महत्त्वपूर्ण जानकारी मिली। थाने में एक महिला की 2 बच्चियों समेत गुमशुदगी दर्ज की गई थी। इस सूचना पर एसओजी प्रभारी चंद्रभान अधिकारी और मनमोहन नेगी नहटौर गए। उन्होंने वहाँ जाकर लापता महिला उसकी दोनों बच्चियों की तसवीरें देखीं।

तीनों तसवीरें देहरादून से बरामद लाशों से मेल खा रही थीं। तसवीरों की पहचान से उनके नाम, पहचान और पते की जानकारी हो गई। महिला का नाम रेशमा था, जो मुसलिम समाज की एक तलाकशुदा महिला थी। उसके बाद बीते कई सालों से हसीन के साथ देहरादून के बडोवाला इलाके में रह रही थी। उनके बीच लिवइन रिलेशन थे।

जब वह हसीन के साथ आई थी तब वह एक बच्ची की माँ थी, किंतु 3 साल पहले उसने हसीन से एक बच्ची को जन्म दिया था। इस तरह वह 2 बेटियों की माँ बन गई थी। रेशमा के मायके में सभी उनके बीच लिवइन के बारे में जानते थे। वे हसीन को भी जानते थे, जो बडोवाला देहरादून की एक टिंबर फैक्ट्री में नौकरी करता है।

पुलिस को रेशमा, उसके बच्चे, तलाकशुदा जिंदगी और हसीन के साथ प्रेम संबंध के बारे में कई जानकारियां मिल गई थीं। अब तलाश हसीन की थी। पुलिस टीम वापस देहरादून लौट आई।

एसएसआई मनमोहन नेगी 27 जून को बडोवाला स्थित टिंबर फैक्ट्री गए। हसीन वहाँ मिल गया।

पुलिस को देखते ही हसीन के चेहरे का रंग फीका पड़ गया। उसने सहज बनने की भरसक कोशिश की, लेकिन भीतर ही भीतर डर गया। नेगी उससे पूछताछ के लिए कोतवाली पटेल नगर ले आए।

कोतवाली में जब सीओ अनिल जोशी और कोतवाल कमल कुमार लुंठी ने हसीन से रेशमा व उसकी बेटियों की हत्या के मामले में पूछताछ शुरू की, तब वह इस बारे में अनजान बनने लगा। उसने सिरे से नकार दिया कि उसे तीनों की हत्या के बारे में कोई जानकारी नहीं है।

हसीन को नेगी अलग कमरे में ले गए। उससे सख्त लहजे में तीनों की हत्या की सच्चाई पूछी। नेगी ने सीधा सवाल किया, "तुमने अपनी प्रेमिका के साथ बच्चों को क्यों मारा?"

इस पर हसीन चुप्पी साध गया। इस पर उन्होंने लिवइन रिलेशन के कानूनी दुष्परिणामों के बारे में भी कहा। डांटते हुए रेशमा के मायके वालों द्वारा लगाए गए आरोपों के आधार पर सजा मिलने की बात कही। नेगी की इस सख्ती का असर हुआ और वह सब कुछ बताने के लिए तैयार हो गया।

करीब 5 मिनट की चुप्पी के बाद हसीन ने पुलिस के सामने अपना जुर्म कुबूल कर लिया। उसने बताया कि रेशमा और बच्चों को उसने मारा है। इसकी उस ने माफी माँगते हुए पूरे घटना के पीछे के कारण के बारे में जो कुछ बताया वह इस प्रकार है-

एक साल कैसे बीत गया उन्हें पता ही नहीं चला। इसी दौरान रेशमा गर्भवती हो गई। रेशमा ने राजीखुशी के साथ एक बच्ची को जन्म दिया। हसीन ने भी उसके माँ बनने पर खुशी जाहिर की और दोनों ने मिल कर उसका नाम आयशा रखा।

हसीन मूलरूप से उत्तर प्रदेश के बिजनौर जिले के नहटौर थाने के अंतर्गत फरीदपुर गाँव का रहने वाला था। कई सालों से वह देहरादून के मोहल्ला ब्रह्मपुरी पटेल नगर में रहते हुए बडोवाला स्थित टिंबर फैक्ट्री में नौकरी करता था। करीब 2 साल पहले रेशमा की हसीन से मुलाकात हुई थी। उसे पति तलाक दे चुका था। वह 14 वर्षीया एक बेटी की माँ थी, लेकिन दिखने में बला की सुंदर और कमसिन थी।

पहली मुलाकात में ही रेशमा ने उसे अपनी घरेलू परेशानी बताते हुए आजीविका की समस्या के लिए मदद माँगी। हसीन उसकी हर संभव मदद के लिए तैयार हो गया। उसके बाद दोनों की फोन पर बातें होने लगीं।

धीरे-धीरे ये बातें मोहब्बत में बदल गईं। जल्द ही दोनों एकांत जगहों पर मिलने-जुलने लगे। हसीन उसके लिए छुट्टी लेकर बार-बार नहटौर जाने लगा, जहाँ उसका मायका था।

हसीन उसके घर वालों से भी मिला और उसने रेशमा के प्रति हमदर्दी जताई। रेशमा बला की सुंदर थी। वह उसकी जवानी पर मोहित हो गया था। इसलिए उसे पैसे की मदद करने लगा।

जल्द ही दोनों के बीच प्रेम संबंध गहरे हो गए। दोनों ने लिवइन रिलेशन में रहना भी शुरू कर दिया। एक साल कैसे बीत गए उन्हें पता ही नहीं चला। इसी दौरान रेशमा गर्भवती हो गई। रेशमा ने राजी-खुशी एक बच्ची को जन्म दिया। हसीन ने भी उसके माँ बनने पर खुशी जाहिर की और दोनों ने मिल कर उसका नाम आयशा रखा।

आयशा 8 माह की हो गई थी। हसीन ने उसे नहटौर में किराए के मकान में रख दिया। हसीन वहीं आता था और कुछ दिन रह कर देहरादून लौट जाता था। एक दिन रेशमा ने देहरादून में ही साथ रहने की जिद की। हसीन नहीं चाहता था कि रेशमा अपने बच्चों के साथ देहरादून में रहे।

वह उसकी इस बात को महीनों से टाल रहा था। जबकि रेशमा बारबार यही जिद कर रही थी। फोन पर बात होती थी, तब और जब हसीन सामने होता था तब रेशमा तोते की तरह रटने लगती थी, "मुझे देहरादून में ही साथ रहना है। वहीं कमरा लेकर साथ रहेंगे। वहीं पर मैं भी कुछ काम करूँगी।"

जून के महीने में एक रोज हसीन नहटौर आया था। उसके कदम कमरे की चौखट के भीतर पड़ते ही रेशमा उस पर बरस पड़ी, "तुमने हमें 2-2 बेटियों के साथ यहाँ मरने के लिए छोड़ दिया है। छोटी बेटी को कैसे संभालती हूँ, मैं ही जानती हूँ। हमें आज ही देहरादून ले चलो, यहाँ नहीं रहेंगे।"

"अरे! तसल्ली रखो, मैं वहाँ कमरा देख रहा हूँ। सस्ता नहीं मिल रहा है। महँगाई है। शहर भी महँगा है।" हसीन ने समझाने की कोशिश की।

"नहीं-नहीं! मैं वह सब नहीं जानती हूँ। यहाँ अब नहीं रह सकती। मोहल्ले वाले अजीब-अजीब नजरों से देखते हैं।" रेशमा बोली।

"हाँ अब्बू! लोग हमसे भी आप के बारे में पूछते हैं।" बड़ी बेटी भी बोली। "ठीक है, देहरादून जाकर बात करता हूँ।"

उस रोज हसीन ने किसी तरह माँ बेटी को समझा-बुझा कर शांत किया। वह उलटे पैर वापस देहरादून लौट आया। रास्ते भर सोचता कि वह रेशमा को कैसे देहरादून में रख पाएगा? उसका खर्च कैसे जुटा पाएगा? खर्चीली रेशमा के नखरे कैसे उठाएगा? ऊपर से जवान होने को आई रेशमा की बेटी के देखभाल की जिम्मेदारी और आ गई थी।

उसे पता था कि देहरादून में किराए के कमरे काफी महँगे हैं। यदि वह रेशमा को नहटौर से देहरादून ले आता तो फैक्ट्री के वेतन से उसका खर्च चलाना मुश्किल हो जाएगा।

कुछ दिन इसी उधेड़बुन में निकल गए, जबकि इस बारे में रेशमा हसीन को लगातार फोन करती रही। उस पर देहरादून में कमरा ले कर साथ रखने का

दबाव बनाती रही। आखिर में तंग आकर उसने रेशमा को बेटियों समेत देहरादून बुलवा लिया।

इस सूचना को पाते ही रेशमा अपनी बेटियों आयत व आयशा को साथ ले कर 23 जून, 2024 को बस द्वारा नहटौर से देहरादून के आईएसबीटी बसअड्डे पर पहुँच गई। उन्हें वहीं हसीन मिल गया। वह अपनी बाइक लेकर आया था। वह तीनों को अपनी बाइक (UP 20Y 9915) पर बिठाकर अपनी फैक्ट्री में ले आया। तब तक शाम का अंधेरा गहरा चुका था। वहीं उसने तीनों को एक कोने में खाना खिलाकर सुला दिया।

जब तीनों गहरी नींद में सो गए, तब उसने पहले रेशमा का गला दबा कर उसे मार डाला। इसके बाद आयत व आयशा का मुँह और गला दबाकर उन्हें भी मौत के घाट उतार दिया। इस तरह तीनों को गला घोंटकर मार देने के बाद हसीन के सामने बड़ी समस्या तीनों शवों को ठिकाने लगाने की आ गई थी।

हालांकि उसका उपाय भी उसने निकाल रखा था। इस की तैयारी पहले से कर रखी थी। वह जहाँ काम करता था वह एक सोफा फैक्ट्री थी। उसके पीछे जंगल था। वहाँ पर कूड़े के बड़े-बड़े ढेर थे।

हसीन ने दोनों लड़कियों की पहचान छिपाने के लिए उनके कपड़े उतार दिए थे। फिर उसने ब्लूडार्ट कुरिअर के बैगों में उनके शव को डाल दिया था। इस के बाद उसने उसे फैक्ट्री के पीछे के कूडे के ढेर में फेंक आया।

रेशमा की लाश उसने फॉम में लपेट कर कूड़े के नीचे दबा दी थी। बाद में हसीन ने रेशमा का मोबाइल और उसके नहटौर स्थित घर की चाबी अपने पास रख ली थी। उसके जेवर, उसके घर की चाबी तथा उसका मोबाइल उसने एक पर्पल कलर के बैग में छिपा कर रख लिया।

हसीन के इस कुबूलनामे के बाद पुलिस ने हत्या का मामला दर्ज कर लिया। हसीन की निशानदेही पर रेशमा, आयत व आयशा को आईएसबीटी से फैक्ट्री तक लाने वाली बाइक, कुरिअर कंपनी का बैग, आयशा की दूध की बोतल तथा मृतकों के घर की चाबी, मोबाइल व रेशमा के जेवर भी बरामद कर लिए।

इस तरह से एसएसपी अजय सिंह ने इस तिहरे हत्याकांड का खुलासा करने वाली टीम की पीठ थपथपाई। हत्याकांड का खुलासा करने वाली टीम को डीजीपी(उत्तराखंड) अभिनव कुमार ने 25 हजार रुपए का नकद इनाम देने की घोषणा की।

अगले दिन पटेल नगर पुलिस को रेशमा, आयत व आयशा की पोस्टमार्टम रिपोर्ट भी मिल गई। रिपोर्ट में उन तीनों की मौत की वजह गला दबा कर सांस रोकनी बताई गई।

कथा लिखे जाने तक इस तिहरे हत्याकांड का आरोपी हसीन देहरादून जेल में बंद था। इस मामले की जाँच एसएसआई मनमोहन सिंह नेगी द्वारा की जा रही थी। वह आरोपी के खिलाफ साक्ष्य एकत्र कर के उसके खिलाफ चार्जशीट तैयार करने में लगे थे।